グランパと僕《ぼく》らの宝《たから》探《さが》し
～ドゥリンビルの仲間《なかま》たち～

大矢純子 作　みしまゆかり 絵

朝日学生新聞社

グランパと僕らの宝探し
～ドゥリンビルの仲間たち～

目《もく》次《じ》

登場人物紹介《とうじょうじんぶつしょうかい》

川崎淳也《かわさきじゅんや》
プライマリースクール五年生《ねんせい》。日本人《じん》だが、日本に住《す》んだことはない。

ジェイソン・ワット
淳也《じゅんや》と同《おな》じクラスに転入《てんにゅう》してきた男《おとこ》の子《こ》。父親《ちちおや》と二人《ふたり》暮《ぐ》らし。

グランパ（トム・ワット）
ジェイソンの祖父《そふ》。淳也《じゅんや》の家《いえ》の隣《となり》で羊《ひつじ》ファームを経営《けいえい》する。

ルーシー
グランパが飼《か》っているゴールデンレトリーバーのメス。

ジャスミン
淳也《じゅんや》とジェイソンの同級生《どうきゅうせい》。人《ひと》の世話《せわ》を焼《や》くのが好《す》きな女《おんな》の子《こ》。

コビー
淳也《じゅんや》とジェイソンの同級生《どうきゅうせい》。小柄《こがら》ですばしっこく、いたずら好《ず》き。

キース
淳也《じゅんや》とジェイソンの同級生《どうきゅうせい》。体《からだ》が大《おお》きく、ガキ大将的存在《だいしょうてきそんざい》。

ベン
淳也《じゅんや》とジェイソンの同級生《どうきゅうせい》。コビー、キースと先生《せんせい》を困《こま》らせる。

ミセス・ニコルソン
淳也《じゅんや》とジェイソンの五年生《ねんせい》の時《とき》の担任《たんにん》の先生《せんせい》。

ミセス・ピアソン
淳也《じゅんや》とジェイソンの六年生《ねんせい》の時《とき》の担任《たんにん》の先生《せんせい》。

ミスター・デュラス
ドゥリンビル・プライマリースクールの校長《こうちょう》。

川崎健次《かわさきけんじ》
淳也《じゅんや》の父親《ちちおや》。キャロットファームを管理《かんり》している。

川崎茉莉《かわさきまり》
淳也《じゅんや》の母親《ははおや》。教育熱心《きょういくねっしん》なお母《かあ》さん。

スティーブン・ワット
ジェイソンの父親《ちちおや》。グランパの息子《むすこ》にあたる。

トビー（中）、ジャック（右）、アラン（左）
クイーンズランド州《しゅう》で、淳也《じゅんや》と一緒《いっしょ》に遊《あそ》び回《まわ》っていた三兄弟《きょうだい》。

キミが、僕《ぼく》らと一緒《いっしょ》に宝物《たからもの》を見《み》つけられますように。

ジュンヤ

一　南《みなみ》へ、二〇〇〇キロメートルの旅立《たびだ》ち

僕《ぼく》がオーストラリアのメルボルンの空港《くうこう》に降《お》り立《た》ったのは、真夜中《まよなか》のことだった。

ここは六年前《ねんまえ》、プ*ライマリースクールの卒業式《そつぎょうしき》の二日《か》あと、両親《りょうしん》に連《つ》れられて重《おも》い気持《きも》ちで通過《つうか》した場所《ばしょ》だ。

今《いま》から、長距離列車《ちょうきょりれっしゃ》やバスの発着点《はっちゃくてん》になっているサザンクロス駅《えき》へ向《む》かい、朝《あさ》までの時間《じかん》をやり過《す》ごしたら、バスに乗《の》ってドゥリンビルの町《まち》へ行《い》く。仲間《なかま》たちと再会《さいかい》するために。

僕《ぼく》の名前《なまえ》は川崎淳也《かわさきじゅんや》。

この三月《がつ》に、日本の高校《こうこう》を卒業《そつぎょう》した。

父親《ちちおや》の名前《なまえ》は健次《けんじ》、母親《ははおや》は茉莉《まり》。

父親《ちちおや》が勤務先《きんむさき》の日本の会社《かいしゃ》から、オーストラリアのキ*ャロットファームの管理《かんり》を任《まか》されたことで、両親《りょうしん》は結婚《けっこん》してすぐに外国暮《がいこくぐ》らしになった。

だから僕《ぼく》はオーストラリアで生《う》まれ、小学《しょうがく》四年生《ねんせい》まで、クイーンズランド州《しゅう》の広大《こうだい》なキャロットファームで育《そだ》った。

そこにはニンジン作《づく》りに汗《あせ》を流《なが》すファーマーが大勢《おおぜい》いて、なかでもそのリーダーは管理者《かんりしゃ》で

＊プライマリースクール…小学校。
＊キャロットファーム…ニンジン農場。

ある僕《ぼく》の父親《ちちおや》といつも一緒《いっしょ》だった。

そのため、僕《ぼく》は自然《しぜん》にリーダーのワンパク三人息子《にんむすこ》と毎日《まいにち》を過《す》ごすようになったんだ。

そして、その後父親《ごちちおや》の転勤《てんきん》で、ビクトリア州《しゅう》の丘陵《きゅうりょう》が続《つづ》く、緑《みどり》がいっぱいのドゥリンビルという町《まち》に引《ひ》っ越《こ》した。

僕《ぼく》がその田舎町《いなかまち》で、仲間《なかま》と一緒《いっしょ》に宝探《たからさが》しに明《あ》け暮《く》れることになったのにはわけがある。

さあ、夜《よる》が明《あ》けるまでには、まだまだ時間《じかん》がある。英語《えいご》が飛《と》び交《か》うこの場所《ばしょ》では、日本から持《も》ってきた本《ほん》の続《つづ》きを読《よ》むのはやめて、静《しず》かに目《め》を閉《と》じて小学生《しょうがくせい》だった僕《ぼく》を呼《よ》び戻《もど》してみようかな。

二〇〇九年《ねん》

「オーイ、ジュンヤ!」

向《む》こうで僕《ぼく》を呼《よ》んでいるのはトビーだった。

トビーは一五歳《さい》。一一歳《さい》のジャックと、九歳《さい》のアランのお兄《にい》ちゃんで、アランと同《おな》い年《どし》の僕《ぼく》にとってもお兄《にい》ちゃんだ。

「なあに? トビー」

「日曜日《にちようび》のマーケットで、ハムスター買《か》ったんだ。見《み》に来《こ》いよ！」

僕《ぼく》はうれしくなって、スクールバッグを放《ほう》り出《だ》すと三人《にん》の家《いえ》まで全速力《ぜんそくりょく》で走《はし》った。

裏庭《うらにわ》のツリーハウス*の方《ほう》で三人《にん》の声《こえ》がしたので、大《おお》きく手《て》を振《ふ》りながら走《はし》り寄《よ》ると、トビーがそっと木箱《きばこ》を僕《ぼく》に持《も》たせてくれた。

そのわらが敷《し》き詰《つ》められた木箱《きばこ》の中《なか》では、茶色《ちゃいろ》いハムスターと白《しろ》いハムスターがもそもそ動《うご》いていた。

「わあ、かわいいね」

「だろ？　ジャックとアランとオレで面倒見《めんどうみ》るんだけど、ジュンヤも仲間《なかま》に入《い》れてやるよ。遊《あそ》びたい時《とき》は、いつでも来《こ》いよ」

「ありがとう。この子達《こたち》、何《なん》て名前《なまえ》？」

「それは今《いま》から考《かんが》える。オーイ、ジャック、アラン、降《お》りてこい！」

トビーのひと声《こえ》で、ジャックとアランが木《き》の上《うえ》から降《お》りてきた。

「よし、ハムスターの名前《なまえ》を決《き》めるぞ！」

*ツリーハウス…木の上に作った小屋のような家。

「茶色《ちゃいろ》いのは、チョコがいいな」

ジャックが言《い》った。

「白《しろ》いのは、パッチだな。だって、背中《せなか》に小《ちい》さい黒《くろ》い模様《もよう》が付《つ》いてる」

アランが言《い》った。

「ジュンヤはどう思《おも》う？」

トビーはいつだって僕《ぼく》にも優《やさ》しい。

「僕《ぼく》も、賛成《さんせい》」

それからしばらくの間《あいだ》、僕《ぼく》らはハムスターに夢中《むちゅう》になった。でも、大自然《だいしぜん》の中《なか》で小《ちい》さいペットを飼《か》うのは難《むずか》しいんだ。

ある日《ひ》、三人《にん》の家《いえ》に遊《あそ》びに行《い》くと、アランが泣《な》いていた。

「チョコとパッチ、キツネに持《も》っていかれちゃったんだ」

「え？　見《み》たの？」

「ううん、同《おな》じ夜《よる》に、ジョンのファームの子羊《こひつじ》もいなくなっちゃったんだって。だから、きっとキツネのしわざだってトビーが言《い》った」

泣《な》きじゃくるアランの手《て》を引《ひ》いて、僕《ぼく》はハムスターの箱《はこ》を見《み》に行《い》った。

小《ちい》さい時《とき》、泣《な》き虫《むし》だったアランの手《て》をいつも引《ひ》いていたことを思《おも》い出《だ》した。

チョコとパッチはやっぱりいなかった。

アランが泣《な》き止《や》まなくて困《こま》ったことを、僕《ぼく》はうちに帰《かえ》ってからお父《とう》さんとお母《かあ》さんにも話《はな》した。

そうしたら、お父《とう》さんからグッドニュースが飛《と》び出《だ》した。

「そうか、かわいそうだったな。じゃあ、今週《こんしゅう》はお父《とう》さんがお前達《まえたち》をブッシュウォーキング*に連《つ》れていってやるか? 最近《さいきん》、忙《いそが》しくて遊《あそ》んでやっていなかったしな。お母《かあ》さんにお弁当《べんとう》を作《つく》ってもらおう」

僕《ぼく》らは、そのプランでちょっとだけ、チョコとパッチの悲《かな》しみを忘《わす》れられた。

ファームの管理《かんり》は土日《どにち》だからといって休《やす》めるわけではないけれど、土曜《どよう》の朝《あさ》はトビーのお父《とう》さんとお母《かあ》さんが、僕《ぼく》らをよくビーチに連《つ》れ出《だ》してサーフィンのまねごとをさせてくれた。

そして日曜《にちよう》は時々《ときどき》、僕《ぼく》のお父《とう》さんとお母《かあ》さんが、トビー達《たち》も一緒《いっしょ》に、ブッシュウォーキングに連《つ》れていってくれた。

遠出《とおで》しない日曜日《にちようび》は、近《ちか》くのファーマーズマーケットとかに買《か》い物《もの》に行《い》ければごきげんだな。

知《し》り合《あ》いの農家《のうか》のおじさんやおばさんが出《だ》すストアーは、大《おお》きく張《は》られたテントの下《した》に野菜《やさい》や果物《くだもの》がきれいに並《なら》べられていて、見《み》ているだけでも楽《たの》しい。

冬《ふゆ》にはイチゴ、夏《なつ》にはマンゴーを冷凍《れいとう》したものを、ソフトクリームのようにそのまましぼり

*ブッシュウォーキング…オーストラリア英語でハイキングのこと。数日間かけて泊まりがけで行うこともある。

出《だ》した冷《つめ》たいスイーツが僕《ぼく》の大好物《だいこうぶつ》だ。

どっしりした田舎《いなか》パンや、学校《がっこう》のランチボックスに入《い》れていくカップケーキ、小《ちい》さいバケツに入《はい》ったハチミツなんかも、このマーケットで買《か》うんだ。

トビーのハムスターもここで買《か》ったらしい。

大人《おとな》が忙《いそが》しい時《とき》は、トビーがボスだ。

僕《ぼく》は、小学校《しょうがっこう》に入《はい》ってから四年生《ねんせい》になるまでの間《あいだ》に、魚《さかな》の釣《つ》り方《かた》から、ポニーの手綱《たづな》の取《と》り方《かた》、おまけに、鍵《かぎ》のかかった納屋《なや》に窓《まど》から忍《しの》び込《こ》む方法《ほうほう》まで、トビーにしっかり教《おし》え込《こ》まれた。

小学校《しょうがっこう》もトビー達《たち》と一緒《いっしょ》だった。

生徒数《せいとすう》が八〇人位《にんくらい》の小《ちい》さい小学校《しょうがっこう》で、トビーは伝説《でんせつ》に残《のこ》る位人気者《くらいにんきもの》のボスだった。もちろん、弟分《おとうとぶん》だったプレップ*の僕《ぼく》がつらい思《おも》いをするはずなんてない。

トビーがハイスクール*に行《い》ってからは、二歳年上《さいとしうえ》の次男《じなん》のジャックが、なにかと面倒《めんどう》を見《み》てくれるようになった。

だけど、キャロットファームの運営《うんえい》がうまくいくようになって、トビーのお父《とう》さんに農場全《のうじょうぜん》体《たい》の管理《かんり》も任《まか》せられるようになった時《とき》、お父《とう》さんはビクトリア州《しゅう》の新規《しんき》に開拓《かいたく》されるキャロットファームに転勤《てんきん》になってしまったんだ。

日本の会社《かいしゃ》から、お父《とう》さんの管理《かんり》の仕事《しごと》を手伝《てつだ》う部下《ぶか》が何人《なんにん》か送《おく》られてきたから、きっと出《しゅっ》

＊プレップ…オーストラリアのビクトリア州で使われていた、一年生になる前の準備学年の名称。ビクトリア州では小学校に七年間通うことになる（州によって多少の違いがある）。
＊ハイスクール…日本の中学校、高校にあたるビクトリア州の六年制の学校の通称。

世《せ》したんだと思《おも》う。

二〇〇九年《ねん》一二月《がつ》、小学四年生《しょうがくねんせい》が終《お》わった時《とき》、泣《な》いてごねたけれど僕《ぼく》に自分《じぶん》の人生《じんせい》を決《き》めるパワーはなくて、トビー達《たち》とハグして一〇も二〇もいろんな約束《やくそく》をしてお別《わか》れをした。

僕《ぼく》の家族《かぞく》は大《おお》きいトラックに乗《の》って、三日《か》もかかってビクトリア州《しゅう》に引《ひ》っ越《こ》した。

南半球《みなみはんきゅう》では、南《みなみ》に下《くだ》れば下《くだ》るほど気温《きおん》が下《さ》がる。

車《くるま》の窓《まど》から見《み》える木《き》の数《かず》が増《ふ》えて、その背丈《せたけ》も高《たか》くなっていった。

赤土《あかつち》が緑《みどり》の丘《おか》に変《か》わっていった。

ひとりでトラックの後《うし》ろの座席《ざせき》にすわっていた僕《ぼく》は、少《すこ》しだけ窓《まど》を開《あ》けた。すると、赤《あか》い砂《すな》ではなくて、気持《きも》ちのいい風《かぜ》が入《はい》ってきた。

新《あたら》しい風景《ふうけい》に心《こころ》がふんわりして、いつの間《ま》にか涙《なみだ》も乾《かわ》いていた。

この地平線《ちへいせん》まで続《つづ》く道《みち》のもっと先《さき》で、新《あたら》しい生活《せいかつ》が待《ま》っている。

二　ドゥリンビル・プライマリースクール

オーストラリアの田舎《いなか》の州立小学校《しゅうりつしょうがっこう》に、転校生《てんこうせい》は珍《めずら》しくない。僕《ぼく》がこの間《あいだ》まで通《かよ》っていたクイーンズランド州《しゅう》の生徒数《せいとすう》八〇人位《にんくらい》の学校《がっこう》だって、去年《きょねん》だけでも七人《にん》が転校《てんこう》して、それと同《おな》じ位《くらい》の新入《しんい》りがやってきた。

二〇一〇年《ねん》一月《がつ》、新学年《しんがくねん》

僕《ぼく》はお父《とう》さんとお母《かあ》さんに連《つ》れられて、ドゥリンビル・プライマリースクールの校長室《こうちょうしつ》のソファにすわっていた。

買《か》ったばかりの制服《せいふく》の、ポロシャツとショートパンツとつばの広《ひろ》い帽子《ぼうし》は、きれいなグリーンで、濃《こ》いブルーのスクールロゴが入《はい》っている。

オーストラリアのスクールユニフォームは、州立《しゅうりつ》ならどこも似《に》たようなものだけど、スクールカラーが変《か》わっただけで、僕《ぼく》が僕《ぼく》じゃないような気《き》がする。

お母《かあ》さんも緊張《きんちょう》している。その証拠《しょうこ》に、気取《きど》ったフリをしてすましていて、全然僕《ぜんぜんぼく》としゃべってくれない。

それに引《ひ》きずられたのか、お父《とう》さんもここまで来《き》ておいて、「やっぱり、お前達《まえたち》をこんな田舎《いなか》じゃなくてメルボルン市内《しない》に住《す》まわせて、淳也《じゅんや》を日本人《じん》学校《がっこう》に行《い》かせた方《ほう》が良《よ》かったのかなあ?」なんて、腰《こし》の引《ひ》けたことを言《い》い出《だ》す始末《しまつ》。ああ、両親《りょうしん》そろって、全然《ぜんぜん》、僕《ぼく》を支《ささ》えてくれていないよなあ?

その日《ひ》は、校長先生《こうちょうせんせい》が学校《がっこう》を案内《あんない》してくれることになっていた。

生徒数《せいとすう》は三八〇人《にん》だって聞《き》いた。決《けっ》して大《おお》きい学校《がっこう》ではないけれど、前《まえ》の学校《がっこう》に比《くら》べるとモンスターのようだ。

でも、贅沢《ぜいたく》は言《い》っていられない。田舎町《いなかまち》で、自分《じぶん》の家《いえ》から五〇キロメートル圏内《けんない》に学校《がっこう》があるのはラッキーなんだ。スクールバスで通《かよ》えるからね。

そうじゃなければ、お母《かあ》さんが何時間《なんじかん》もかけて、車《くるま》で送《おく》り迎《むか》えするしかない。

校長《こうちょう》のミスター・デュラスは、僕《ぼく》のお父《とう》さんより小《ちい》さくて、神経質《しんけいしつ》そうだったけれど、四角《しかく》い眼鏡《めがね》をかけて、はっきりと歌《うた》うように話《はな》す人《ひと》だった。

『小《ちい》さくて、怖《こわ》そう』

これが僕《ぼく》の第一印象《だいいちいんしょう》。

午前《ごぜん》の休《やす》み時間《じかん》の校内《こうない》は、生徒《せいと》の声《こえ》と、事務室《じむしつ》からのアナウンスメントと、みんなの足音《あしおと》が長《なが》い廊下《ろうか》で反響《はんきょう》し合《あ》っていた。

廊下《ろうか》の壁《かべ》にはスクールバッグが一列《れつ》になってかかっていた。

廊下《ろうか》を歩《ある》いている子《こ》ども達《たち》は、校長先生《こうちょうせんせい》には「ハロー」と手《て》を振《ふ》るのに、僕《ぼく》ら家族《かぞく》にはあまり興味《きょうみ》がないらしい。

みんな、リンゴやニンジンや、小《ちい》さいスナックサイズのパッケージに入《はい》ったポテトチップスを手《て》にしていて、それは結構見慣《けっこうみな》れた光景《こうけい》だったから緊張《きんちょう》が解《と》けた。

日本のいとこから、学校《がっこう》では休《やす》み時間《じかん》におやつを食《た》べたりしてはいけないって聞《き》いた時《とき》には、心《こころ》の底《そこ》からびっくりした。

オーストラリアの学校《がっこう》には、生命《せいめい》を脅《おびや》かすタイプの規則《きそく》はないように思《おも》う。

授業中《じゅぎょうちゅう》でも、先生《せんせい》に断《ことわ》れば普通《ふつう》にトイレに行《い》けるし、それが恥《は》ずかしいから我慢《がまん》しなきゃって思《おも》う感《かん》じはないな。水《みず》を飲《の》みに行《い》くことだって普通《ふつう》だ。苦痛《くつう》を我慢《がまん》することはナンセンスなんだ。

小学校《しょうがっこう》では、朝《あさ》ご飯《はん》を食《た》べてこない子《こ》ども達《たち》のために、校庭《こうてい》にトーストとかが用意《ようい》されていて誰《だれ》でも食《た》べることが出来《でき》るし、一〇時《じ》にはフルーツタイムがある。フルーツを食《た》べたい子《こ》は、ランチボックスからフルーツを出《だ》して、授業《じゅぎょう》を聴《き》きながら食《た》べてもいい。

一一時《じ》からの三〇分《ぷん》の休《やす》み時間《じかん》にはおやつを自由《じゆう》に食《た》べられる。そのあと一時半《じはん》にはランチタイムがやってきて、三時半《じはん》にはスクールバスに乗《の》って家《いえ》に帰《かえ》る。お腹《なか》が空《す》いて悲《かな》しい気分《きぶん》になることなんてないな。

そういえば、スクールバッグの中《なか》って、いつもお菓子《かし》やフルーツやサンドイッチが詰《つ》め込《こ》まれた特大《とくだい》のランチボックスしか入《はい》っていない。

校長先生《こうちょうせんせい》を先頭《せんとう》に、トイレ、保健室《ほけんしつ》、体育館《たいいくかん》、美術室《びじゅつしつ》を見《み》て回《まわ》ったあと、始業《しぎょう》を知《し》らせるポップミュージックが流《なが》れ、ベルが鳴《な》った。その曲《きょく》がテイラー・スウィフトだったことが、初日最《しょにちさい》初《しょ》の安心感《あんしんかん》だった。前《まえ》の小《ちい》さい学校《がっこう》でも、いつもこの曲《きょく》がかかっていた。

ミスター・デュラスはおもむろに4／5Bのサインの下《した》にハチ（Bee《ビー》）の絵《え》がかいてあるドアを開《あ》けた。四年生《ねんせい》と五年生《ねんせい》の混合《こんごう》クラスだ。

なぜか、オーストラリアの小学校《しょうがっこう》は二学年混合《がくねんこんごう》が多《おお》い。

「Good morning, everyone《グッド　モーニング　エブリワン》！（おはよう、みなさん）」

校長先生《こうちょうせんせい》の歌《うた》うような声《こえ》はよく通《とお》った。

「Good morning《グッド　モーニング》, Mr.Duras《ミスター　デュラス》!!!（おはようございます。デュラス先生《せんせい》）」

生徒《せいと》のみんなも、元気《げんき》な声《こえ》で返《かえ》す。

（うわ、子《こ》どもがいっぱい！）

自分《じぶん》だって子《こ》どものくせに、担任《たんにん》の先生《せんせい》を囲《かこ》んでカーペットにすわる三〇人《にん》あまりの子《こ》ども達《たち》を見《み》て、僕《ぼく》は圧倒《あっとう》された。前《まえ》の学校《がっこう》のクラスは、この半分《はんぶん》もいなかった。

ここでも、もちろん日本人《じん》というか、アジア人《じん》は僕《ぼく》ひとりで、あとは、先住民《せんじゅうみん》のアボリジニの血《ち》を引《ひ》いている感《かん》じの子《こ》が二人《ふたり》いた。

担任《たんにん》の先生《せんせい》、ミセス・ニコルソンに言《い》われて、僕《ぼく》はみんなの前《まえ》に立《た》った。

「クイーンズランド州《しゅう》から来《き》たジュンヤです。ここに来《こ》れてうれしいです」って明《あか》るく言《い》ったら、クラスのみんなが拍手《はくしゅ》してくれた。

僕《ぼく》の席《せき》は先生《せんせい》の前《まえ》で、ジャスミンっていう子《こ》の隣《となり》になった。

ジャスミンは小《ちい》さい声《こえ》で「ニーハオ」ってささやいて、にこっと笑《わら》って肩《かた》をすくめてみせた。とってもフレンドリーな感《かん》じがしたけど、僕《ぼく》は日本人《じん》なんだよね。

ああ、そういえば、僕《ぼく》が自己紹介《じこしょうかい》で言《い》わなかったんだ。移民《いみん》が多《おお》いこの国《くに》では、いちいち僕《ぼく》はどこの国《くに》の人《ひと》ですって言《い》わなくてもいいように思《おも》っていたから。

休《やす》み時間《じかん》のあとの授業《じゅぎょう》は算数《さんすう》だった。なんてラッキーなんだ。かっこいいスタートが切《き》れるぞ！ってワクワクした。

五年生《ねんせい》で九九《くく》（オーストラリアでは一二×一二）がパッパと出来《でき》ないのは、そうびっくりすることじゃない。簡単《かんたん》な足《た》し算《ざん》だって電卓《でんたく》を使《つか》ってやっている位《くらい》だから。

僕《ぼく》は一年生《ねんせい》の時《とき》から、放課後《ほうかご》に他《ほか》の子達《こたち》がピーナッツバターサンドイッチやケーキを頬張《ほおば》りながら遊《あそ》んでいる時間《じかん》、お母《かあ》さんに捕《つか》まって、まず、日本の小学校《しょうがっこう》の算数《さんすう》と国語《こくご》の通信教育《つうしんきょういく》のプリントをやらなくちゃならなかった。いつか、日本に帰《かえ》った時《とき》に困《こま》らないように。

それは、一日《にち》一時間位《じかんくらい》のことだったけれど、日本の五年生《ねんせい》レベルの算数《さんすう》をやっている僕《ぼく》に、オーストラリアの五年生《ねんせい》の算数《さんすう》なんて笑《わら》える位簡単《くらいかんたん》なんだ。

残念《ざんねん》ながら、国語《こくご》の漢字《かんじ》の実力《じつりょく》を発揮《はっき》するチャンスはなかったけれど、算数《さんすう》の時間《じかん》はいつだって天才《てんさい》だった。

先生《せんせい》がプリントの解《と》き方《かた》を説明《せつめい》する。大《おお》きい声《こえ》で、忙《いそが》しく動《うご》き回《まわ》りながら、手《て》に持《も》ったリモートコントロールのキーボードでスマートボードを操作《そうさ》する。カラフルな画面《がめん》がどんどん切《き》り替《か》わるけれど、内容《ないよう》は超簡単《ちょうかんたん》だ。

練習問題《れんしゅうもんだい》のプリントが配《くば》られた。

すると、ジャスミンがそっと僕《ぼく》のスクールユニフォームの袖《そで》を引《ひ》っ張《ぱ》って、言《い》った。

「ジュンヤ、ほら、難《むずか》しいんでしょ？　あたしが助《たす》けてあげるから」

彼女《かのじょ》は、優等生《ゆうとうせい》をアピールするかのように、プリントを見《み》つめる僕《ぼく》をのぞき込《こ》んだ。

でも、僕《ぼく》は（難《むずか》しくって固《かた》まっているんじゃなくて、簡単過《かんたんす》ぎてやる気《き》がわいてこないんだってことを全然《ぜんぜん》わかってないよ！）って、心《こころ》の中《なか》でほっぺたをふくらませていた。

僕《ぼく》は、ジャスミンの思《おも》い込《こ》みをはねのけたかった。『算数《さんすう》が出来《でき》る僕《ぼく》』を今《いま》すぐわかってほしくて、焦《あせ》ったのかもしれない。

「え？　こんなの、簡単過《かんたんす》ぎるよ！」と、言《い》い放《はな》って、ものの五分位《ふんくらい》でプリントを終《お》えると、先生《せんせい》に見《み》せに行《い》った。

ジャスミンは、ちょっと目《め》の縁《ふち》を赤《あか》く染《そ》めて、僕《ぼく》が視界《しかい》に入《はい》らないように、プリントに覆《おお》い被《かぶ》さって鉛筆《えんぴつ》を動《うご》かしていた。

「まあ、ジュンヤ、なんてすばらしいの！　あなたのような賢《かしこ》い子《こ》を授《さず》かって、先生《せんせい》はとってもうれしいわ！」と、ミセス・ニコルソンはオージー*独特《どくとく》のドラマチックなほめ言葉《ことば》を僕《ぼく》に浴《あ》びせてくれた。

うれしくて、僕《ぼく》は得意《とくい》になった。

（僕《ぼく》はクールな転校生《てんこうせい》になれる）と、スキップしたいような達成感《たっせいかん》を覚《おぼ》えた。

これで、ジャスミンにバカだって思《おも》われないですんだ。僕《ぼく》は席《せき》に戻《もど》ると彼女《かのじょ》に全問正解《ぜんもんせいかい》のプ

＊オージー…オーストラリア英語で、オーストラリア人、オーストラリアのという意味。

リントを見《み》せて、とっておきの笑顔《えがお》を作《つく》ってみせた。

前《まえ》の学校《がっこう》で、アランの面倒《めんどう》を見《み》ていた時《とき》の兄貴気分《あにききぶん》がわき上《あ》がってきて、ジャスミンのプリントをひょいとのぞいた。

(なあんだ、間違《まちが》いだらけで何《なん》にもわかっていないじゃんか)

「僕《ぼく》の見《み》る？　説明《せつめい》してあげようか？」

これで、ジャスミンが僕《ぼく》を慕《した》って頼《たよ》ってくれるのではないかという期待《きたい》もあった。アランがそうだったように。

「あっちに行《い》ってよ！　あたしはジュンヤと同《おな》じ五年生《ねんせい》よ！　あなたの助《たす》けなんていいるわけないでしょ？　こんなのすぐに出来《でき》るったら！」

「でも、めちゃくちゃじゃんか！　それに、言《い》っておくけど、僕《ぼく》はチャイニーズじゃなくてジャパニーズだよ」

思《おも》わぬところで、さっき「ニーハオ！」って挨拶《あいさつ》されたことが、ちょっと面白《おもしろ》くなかったんだってことに気《き》が付《つ》いた。ジャスミンの間違《まちが》いを、僕《ぼく》に対《たい》する誤解《ごかい》を今《いま》すぐすっきりなくしてほしかったんだ。きっと。

だから、僕《ぼく》はジャスミンが目《め》に涙《なみだ》をためてもSorry《ソーリー》(ごめんね)って言《い》わなかったんだ。

昼休《ひるやす》み、何人《なんにん》かのクラスメイトとサンドイッチを食《た》べながら、僕《ぼく》の家族《かぞく》はキャロットファームに住《す》んでいるって話《はな》した。みんな、「うちはチェリーファームよ」とか、「うちは羊《ひつじ》がたくさんいるよ」とか、何《なん》でもない会話《かいわ》の中《なか》に（友達《ともだち》がいるなあ）っていう居心地《いごこち》の良《よ》さを感《かん》じた。ジャスミンもその輪《わ》の中《なか》で楽《たの》しそうにしていた。

校庭《こうてい》はすっごく広《ひろ》かった。

僕《ぼく》は、いろいろなクラスの男子《だんし》が入《い》り交《ま》じった集団《しゅうだん》に入《はい》って、楕円形《だえんけい》のフットボールを追《お》いかけた。僕《ぼく》は他《ほか》の子《こ》よりやせていて小《ちい》さいけれど、走《はし》るのは結構速《けっこうはや》いから、あまりタックルされずにすんだ。

まずまずの一日《いちにち》だった。不安《ふあん》だった新生活《しんせいかつ》は、うまく滑《すべ》り出《だ》したように見《み》えた。

次《つぎ》の日《ひ》、僕《ぼく》はもう生《う》まれた時《とき》からそこにいたかのような自信《じしん》で、スクールバスのピックアップ地点《ちてん》までお父《とう》さんに送《おく》ってもらった。そして、もう既《すで》に半分位《はんぶんくらい》の座席《ざせき》が埋《う》まっているバスに乗《の》り込《こ》んだ。

ハイスクールの学生《がくせい》も、みんな同《おな》じバスで通学《つうがく》するけれど、そのほとんどがいつもスマホに没頭《ぼっとう》している。日本に行《い》った時《とき》に乗《の》った東京《とうきょう》の地下鉄《ちかてつ》みたいだ。

小学校《しょうがっこう》の低学年《ていがくねん》が前方《ぜんぽう》にすわり、ハイスクールの学生《がくせい》が後方《こうほう》の座席《ざせき》にすわるしきたりのようで、そこら辺《へん》だけ心得《こころえ》ておけばいいように思《おも》った。

僕《ぼく》は、きのう向《む》かいのクラスで見《み》かけた一年生《ねんせい》か二年生《ねんせい》の女《おんな》の子《こ》の隣《となり》にすわった。

彼女《かのじょ》はおしゃべりで、初《はじ》めて会《あ》った僕《ぼく》を相手《あいて》に、恥《は》ずかしがることもしないで、きのうおばあちゃんの家《いえ》で生《う》まれたひよこの話《はなし》をし続《つづ》けた。

校門《こうもん》をくぐると、スクールバッグを廊下《ろうか》の決《き》められた場所《ばしょ》に引《ひ》っかけて校庭《こうてい》に出《で》た。

オーストラリアの学校《がっこう》にはだいたいどこも、先生《せんせい》がいない教室《きょうしつ》に生徒《せいと》が入《はい》ってはいけないっていう規則《きそく》があるから、始業《しぎょう》五分前《ふんまえ》の音楽《おんがく》が鳴《な》るまで、僕《ぼく》らは校庭《こうてい》で遊《あそ》んでいなきゃならないんだ。

まあ、それはどうでもいいことなんだけれど、雨《あめ》の日《ひ》も外《そと》で待《ま》たなきゃいけないのは、ちょっと勘弁《かんべん》してほしい。

その日《ひ》も普通《ふつう》に滑《すべ》り出《だ》した。

廊下《ろうか》にアルファベット順《じゅん》に整列《せいれつ》して、先生《せんせい》と握手《あくしゅ》をしてから教室《きょうしつ》に入《はい》る。これはクイーンズランド州《しゅう》の学校《がっこう》ではなかったシステムだけれど、まあ、悪《わる》くはないな。

教室《きょうしつ》に入《はい》ると、椅子《いす》に腰《こし》かけている先生《せんせい》の周《まわ》りにみんながあぐらをかいて、背中《せなか》をピンとのばしてすわった。これがオーストラリアの学校《がっこう》での正《ただ》しいすわり方《かた》なんだ。

スクールカラーのグリーンと白《しろ》のギンガムチェックのワンピースを着《き》ている女《おんな》の子《こ》も同《おな》じで、みんな、さっとあぐらをかいて、ぱっとスカートで膝《ひざ》を覆《おお》う。

日本に行《い》った時《とき》、「男子《だんし》はもちろん、特《とく》に、女子《じょし》があぐらをかくのは行儀《ぎょうぎ》が悪《わる》い」って言《い》われて、どうしてなのか、よくわからなかった。

先生《せんせい》がラップトップ*を開《ひら》き、出欠《しゅっけつ》を取《と》り終《お》わると、すぐに英語《えいご》の作文《さくぶん》の授業《じゅぎょう》が始《はじ》まった。

イマジネーションを使《つか》ってお話《はなし》を作《つく》ってから、余白《よはく》に絵《え》もかくっていうスタイルが、僕《ぼく》は少《すこ》し苦手《にがて》なんだ。イマジネーションが稼働《かどう》するまでの時間《じかん》は、いつも退屈《たいくつ》でプレッシャーもある。

子《こ》どもがみんなビューティフルなイマジネーションを瞬時《しゅんじ》にあふれさせられるわけじゃないもん。

退屈《たいくつ》を打破《だは》するのに時間《じかん》がかかって、大作《たいさく》が出来《でき》ないことは珍《めずら》しくなかったけれど、先生《せんせい》は半分《はんぶん》しか出来《でき》ていないプリントを渡《わた》しても、そう気《き》にする様子《ようす》はなかった。

今《いま》までに出会《であ》ったオーストラリアの先生達《せんせいたち》と同《おな》じように、いつもみんなにあり余《あま》るほめ言葉《ことば》を振《ふ》りまいている。まるで、それが教育者《きょういくしゃ》の一番大事《いちばんだいじ》な使命《しめい》であるかのように。

うちで、お母《かあ》さんと日本からの通信教育《つうしんきょういく》のプリントをやる時《とき》のような、いい加減《かげん》にやったら全部《ぜんぶ》消《け》しゴムで消《け》

＊ラップトップ…ラップトップコンピューターの略。膝の上に置けるくらいの大きさのコンピューターのこと。

されてまたやり直《なお》し、なんて非道《ひどう》は学校《がっこう》ではありえないよ。

隣《となり》の席《せき》のジャスミンは、きのうのことはどこへやら、「わかんなかったら、あたしが助《たす》けてあげる」と、大《おお》きな声《こえ》で連発《れんぱつ》してきた。

これは、日本の中学《ちゅうがく》と高校《こうこう》に通《かよ》ういとこ達《たち》に聞《き》いて驚《おどろ》いたことのひとつだけれど、日本では前《まえ》の日《ひ》に起《お》こった悪《わる》いことを、みんな、多《おお》かれ少《すく》なかれ引《ひ》きずって翌日《よくじつ》に突入《とつにゅう》していくらしい。いとこの担任《たんにん》の先生《せんせい》なんて、前《まえ》の日《ひ》にあったケンカや事件《じけん》を朝《あさ》イチで引《ひ》っ張《ぱ》り出《だ》して、もう一度注意《いちどちゅうい》することから一日《にち》を始《はじ》めるんだって。

僕《ぼく》が知《し》っている限《かぎ》り、オーストラリアの先生達《せんせいたち》は、校長先生《こうちょうせんせい》に手《て》を上《あ》げて停学《ていがく》になった子《こ》にも、ベテランの先生《せんせい》を「クソばばあ」呼《よ》ばわりして、休《やす》み時間《じかん》を取《と》り上《あ》げられた子《こ》にも、その子達《こたち》が反省《はんせい》して謝《あやま》ったら笑顔《えがお》を向《む》ける。

クラスでも、停学明《ていがくあ》けの子《こ》が戻《もど》ってくると（オーストラリアの小学生《しょうがくせい》は、かなり無邪気《むじゃき》にやりたい放題《ほうだい》なんだ）先生《せんせい》は「みんなでフレッシュスタートをサポートしてあげましょう」って言《い》う。

それは、オージーの方《ほう》が、能天気《のうてんき》だからだとか、切《き》り替《か》えが早《はや》いからだって言《い》う人《ひと》もいるけれど、どうなんだろう？

ケリがついたことを再度蒸《さいどむ》し返《かえ》すのは、あまりクールじゃないって、みんなが思《おも》っているんじゃないかな。

だからといって、イヤな出来事《できごと》がオージーの心《こころ》の中《なか》にはしこりを残《のこ》さない、っていうマジックはないだろう。みんな同《おな》じ人間《にんげん》なんだ。

僕《ぼく》は、新入《しんい》りだってことも忘《わす》れて、普通《ふつう》に小学校《しょうがっこう》五年生《ねんせい》の日々《ひび》を送《おく》っていた。

月曜《げつよう》から金曜《きんよう》まで、朝《あさ》七時《じ》に起《お》きて、七時《じ》四五分《ふん》のバスに滑《すべ》り込《こ》む。

八時半《じはん》に学校《がっこう》に着《つ》くと、九時《じ》まで友達《ともだち》と遊《あそ》んで、先生《せんせい》と握手《あくしゅ》して教室《きょうしつ》に入《はい》る。

三〇分《ぷん》の休《やす》みを挟《はさ》んだ二時間続《じかんつづ》きの授業《じゅぎょう》が二ブロック終《お》わると、一時間《じかん》の昼休《ひるやす》みがある。

そのあと一時間《じかん》の授業《じゅぎょう》が終《お》わると、教室《きょうしつ》を出《で》る時《とき》に先生《せんせい》とさようならの握手《あくしゅ》をして、スクールバスの列《れつ》に並《なら》ぶ、といった感《かん》じだ。

ミセス・ニコルソンはいつも優《やさ》しくて、教室《きょうしつ》でも、生徒達《せいとたち》に静《しず》かに話《はな》しかける。

隣《となり》のクラスの怒鳴《どな》ってばかりいる先生《せんせい》が担任《たんにん》じゃなくて本当《ほんとう》にラッキーだったよ。

こんな日《ひ》がずっと普通《ふつう》に続《つづ》くと思《おも》っていた。

今《いま》のところ、僕《ぼく》にとっては、バスのドロップオフ地点《ちてん》に、誰《だれ》が迎《むか》えに来《き》てくれるのかだけが大《おお》きな関心事《かんしんじ》なんだ。

お母《かあ》さんがフォードの紺《こん》のセダンで来《き》ていたらハズレ！　家《いえ》に帰《かえ》ると即《そく》、通信教育《つうしんきょういく》のプリントだ。

でも、お父《とう》さんが白《しろ》いランドクルーザーで来《き》ていれば、まず、間違《まちが》いなく喜《よろこ》んでいい。ファームのオフィスに行《い》って、お父《とう》さんが帰《かえ》る時間《じかん》になるまで外《そと》で遊《あそ》んでいられる。

お父《とう》さんの会社《かいしゃ》のスタッフの人達《ひとたち》も、小《ちい》さい子《こ》ども達《たち》を外《そと》で遊《あそ》ばせておくことが多《おお》く、僕《ぼく》はいい兄貴分《あにきぶん》なんだ。

小《ちい》さかったアランが、そこら中《じゅう》にいる感《かん》じは悪《わる》くない。

木曜《もくよう》と金曜《きんよう》は、かなりの確率《かくりつ》で通信教育《つうしんきょういく》から逃《のが》れられる。お母《かあ》さんが町《まち》のベーカリーでパートの仕事《しごと》を始《はじ》めて、慣《な》れない職場《しょくば》でくたくただったから。

これで、もうちょっと慣《な》れない学校《がっこう》に通《かよ》う僕《ぼく》の疲《つか》れを理解《りかい》してもらえたらいいんだけれど、お母《かあ》さんは子《こ》どもは無邪気《むじゃき》でタフだと信《しん》じているんだ。

天敵《てんてき》のプリントは、晩《ばん》ご飯《はん》のあとに待《ま》っていた。


三月《がつ》の末《すえ》から四月《がつ》の初《はじ》めまで、イースター*を含《ふく》んだ二週間《しゅうかん》のスクールホリデーがやってきた。

でも、僕《ぼく》にはまだ学校《がっこう》以外《いがい》でつるめる友達《ともだち》はいなくて、お父《とう》さんのファームのオフィスで小《ちい》さい子《こ》ども達《たち》と遊《あそ》んでいた。

お父《とう》さんは「お母《かあ》さんと一緒《いっしょ》に日本のおばあちゃん達《たち》に会《あ》いに行《い》ってくるか？」って、聞《き》いて

*イースター…キリストの復活祭。キリスト教圏では祝日となる。

くれたけれど、特《とく》にそれが楽《たの》しいことのようにも思《おも》えなかった。

僕《ぼく》にとっては日本のコミックさえ送《おく》ってもらえれば十分《じゅうぶん》なんだ。

お母《かあ》さんも、始《はじ》めたばかりのパートを休《やす》みたくなかったらしく、その話《はなし》は消《き》えてなくなった。うちで日本語《ご》だけで生活《せいかつ》して、日本のテレビをコンピュータで見《み》て、日本語《ご》の本《ほん》を読《よ》んでいるお母《かあ》さんにとって、地元《じもと》の人達《ひとたち》と一緒《いっしょ》にベーカリーのキッチンで働《はたら》くことは遊《あそ》び半分《はんぶん》の決心《けっしん》ではなかったらしい。

僕《ぼく》がドゥリンビルに早《はや》く溶《と》け込《こ》めるように、自分《じぶん》も地元《じもと》の人達《ひとたち》と仲良《なかよ》くなるように頑張《がんば》っているからねって、おまわりさんみたいに敬礼《けいれい》しながら話《はな》してくれた。

六月《がつ》に入《はい》ると、朝《あさ》の霧《きり》が濃《こ》くなって、時《とき》には昼頃《ひるごろ》まで周囲《しゅうい》はもやっている。お父《とう》さんはトラックいっぱいの暖炉《だんろ》のまきを調達《ちょうたつ》してきた。

暖《あたた》かいクイーンズランド州《しゅう》にいた僕《ぼく》には、暖炉《だんろ》で暖《あたた》まるというのがすぐにピンとこなかったけれど、ビクトリア州《しゅう》の高地《こうち》では六月《がつ》も半《なか》ばになると、家《いえ》の中《なか》を裸足《はだし》で歩《ある》くことも辛《つら》くなってきた。床板《ゆかいた》が氷《こおり》のようになるんだ。

そして、六月《がつ》の末《すえ》になると、また二週間《しゅうかん》のスクールホリデーに入《はい》った。冬休《ふゆやす》みだ。

僕《ぼく》の誕生日《たんじょうび》は七月《がつ》七日《か》で、いつも休《やす》み中《ちゅう》だから、クラスに人数分《にんずうぶん》のカップケーキを持《も》って行《い》って、みんなでお祝《いわ》いするというオーストラリアのスタイルは経験《けいけん》したことがなかったけれど、お父《とう》さんとお母《かあ》さんはいつも友達《ともだち》を何人《なんにん》も呼《よ》んで誕生会《たんじょうかい》をしてくれた。

今年《ことし》も、スクールホリデーの最後《さいご》の日曜日《にちようび》に、お母《かあ》さんが細長《ほそなが》い唐揚《からあ》げを巻《ま》いたのり巻《ま》きや、日本のマヨネーズで作《つく》ったポテサラや、出《だ》し巻《ま》き卵《たまご》なんかも作《つく》って誕生会《たんじょうかい》を開《ひら》いてくれた。ケーキはベーカリーで買《か》ったのじゃなくて、お母《かあ》さんがお祝《いわ》いに焼《や》いてくれた特別製《とくべつせい》だ！スポーツカーの形《かたち》にスポンジケーキを組《く》み立《た》てたもので、グリーンとブルーのアイシングシュガーで細《こま》かくデザインされていた。ベーカリーでの修業《しゅぎょう》の成果《せいか》だった。

クイーンズランド州《しゅう》では、みんな僕《ぼく》の誕生日《たんじょうび》を楽《たの》しみにしていてくれたっけ。まだ休《やす》み中《ちゅう》ってこともあって、招待《しょうたい》した新《あたら》しいクラスの友達《ともだち》が全員来《ぜんいんこ》られたわけじゃないけれど、結構《けっこう》な人数《にんずう》が次々《つぎつぎ》に車《くるま》で送《おく》られてきた。そして、カードや小《ちい》さいプレゼントの包《つつ》みを手《て》に、僕《ぼく》に向《む》かって走《はし》ってきてくれた。

ランチには少《すこ》し早《はや》かったけれど、お父《とう》さんがバーベキューのガスを点検《てんけん》している。前《まえ》の日《ひ》、お父《とう》さんは車《くるま》を長時間運転《ちょうじかんうんてん》して、メルボルンのフィッシュマーケットでマグロをどかんと仕入《しい》れてきていたんだ。内陸育《ないりくそだ》ちで、新鮮《しんせん》な魚《さかな》にはあまり縁《えん》のない子《こ》ども達《たち》に、とびきりおいしいマグロの照《て》り焼《や》きをごちそうしてやるんだと張《は》り切《き》っていた。

僕《ぼく》は、こんなにすごいパーティーに友達《ともだち》を招待出来《しょうたいでき》たことで、得意《とくい》になっていた。

そう、あの一瞬《いっしゅん》まで。

「スティンク（臭《くさ》っ！）」

すばしっこいコビーが、しかめっ面《つら》で不快《ふかい》を絞《しぼ》り出《だ》すように叫《さけ》んだ。

そのリアクションが面白《おもしろ》かったのか、それを機《き》に全員《ぜんいん》が「スティンク！　スティンク！」と、転《ころ》げ回《まわ》ったり、もだえる振《ふ》りをしてみたり、誰《だれ》が一番笑《いちばんわら》いを取《と》れるかのコンテストのようになっていった。

辺《あた》りには、バーベキューから威勢良《いせいよ》く上《あ》がる、マグロの脂《あぶら》と醤油《しょうゆ》とみりんの香《こう》ばしい匂《にお》いが交《ま》じり合《あ》った煙《けむり》が立《た》ち込《こ》めている。

ジャスミンは「お母《かあ》さんに迎《むか》えに来《き》てくれるように電話《でんわ》したい」と、言《い》い出《だ》した。そして泣《な》き出《だ》した。

みんなが彼女《かのじょ》を取《と》り囲《かこ》んだ。

ジャスミンは、赤《あか》いタータンチェックのドレスに白《しろ》いシープスキンのブーツを履《は》いていて、かわいい悲劇《ひげき》のヒロインみたいだった。

お父《とう》さんは、あっけに取《と》られているようだったけれど、笑顔《えがお》を立《た》て直《なお》すと「ひと口食《くちた》べてごらん、おいしいから」って、とても優《やさ》しい顔《かお》で穏《おだ》やかに言《い》った。

僕《ぼく》がよその家《いえ》で同《おな》じことをしたら、絶対《ぜったい》に許《ゆる》さなかったはずだよな。

お母《かあ》さんはお父《とう》さんを援護《えんご》するように、「のり巻《ま》きはフライドチキンが入《はい》っているのよ！」とか、「特別製《とくべつせい》のケーキがあとで登場《とうじょう》するわよ！」とか、マグロの照《て》り焼《や》きからみんなの気《き》をそらせることに必死《ひっし》だ。

僕《ぼく》は、それでもバカふざけをやめない招待客《しょうたいきゃく》に、しつけに厳《きび》しいお母《かあ》さんが小言《こごと》を言《い》い出《だ》しやしないかと身《み》のすくむ思《おも》いがしていた。

『魚臭《さかなくさ》い！』から始《はじ》まった、僕《ぼく》の誕生会《たんじょうかい》のバカふざけは、失礼《しつれい》と残酷度《ざんこくど》を八〇パーセントに抑《おさ》えながら、和《なご》やかに進行《しんこう》していった。

僕《ぼく》は子《こ》どもだから断言出来《だんげんでき》るけど、小学五年《しょうがくごねん》にもなればみんな知《し》っている。失礼度《しつれいど》が一〇〇パーセントを超《こ》えれば、あれはフレンドリーなジョークだったって言《い》い訳《わけ》が出来《でき》ないことを。

さっきまで泣《な》いていたジャスミンが、のり巻《ま》きから唐揚《からあ》げを引《ひ》っ張《ぱ》り出《だ》して口《くち》に運《はこ》びながら、シリアスに鼻《はな》をクンクンさせては、「ジャパニーズのおうちって、こんな匂《にお》いがするんだあ。あたし、ジャパンには行《い》きたくないな」って、おどけて意見《いけん》を述《の》べ、みんながそれに同調《どうちょう》して笑《わら》う。

僕《ぼく》はどうしていいのかわからなくて、というよりはむしろ、これが僕《ぼく》のパーティーであることをみんなが再《ふたた》び思《おも》い出《だ》さないように、すみっこにすわって、普通《ふつう》に、普通《ふつう》に、のり巻《ま》きをよくかんで、注意深《ちゅういぶか》く飲《の》み込《こ》んだ。

その瞬間《しゅんかん》、何《なに》かが記憶《きおく》の端《はし》を引《ひ》っ掻《か》いた。

（ジャパニーズ……。ジャスミン、僕《ぼく》が彼女《かのじょ》の思《おも》い違《ちが》いを正《ただ》したことが、面白《おもしろ》くなかったんだ。きっと）

でも、あんな仕打《しう》ち。それに、お父《とう》さん。最大《さいだい》の努力《どりょく》でジャスミンに最高《さいこう》の舞台《ぶたい》を用意《ようい》したのは僕《ぼく》のお父《とう》さんだった。

身《み》の置《お》き所《どころ》のないランチが終《お》わると、お父《とう》さんとファームで働《はたら》くおじさん達《たち》が、僕《ぼく》らをトラクターや三輪《さんりん》のバイクに乗《の》せてくれたりして、いっぱい遊《あそ》んでくれた。

そのあと、家《いえ》に戻《もど》るとお母《かあ》さんがローリー＊の入《はい》った缶《かん》をテーブルに並《なら》べ、ケーキにキャンドルを一本《ぽん》立《た》ててくれた。みんなが、ハッピーバースデーの歌《うた》を歌《うた》ってくれた。

そこにはもう魚《さかな》の匂《にお》いはこもっていなかった。

迎《むか》えの車《くるま》が来始《きはじ》めた。

みんな満足《まんぞく》げにお父《とう》さんとお母《かあ》さんに、「サンキュー」と言《い》い、僕《ぼく》に手《て》を振《ふ》って帰《かえ》っていった。

「ジュンヤ、また明日《あした》ね！」

でも、僕《ぼく》にはいつもと同《おな》じ明日《あした》はやってこなかった。

＊ローリー…あめや砂糖菓子のこと。

三　探《さが》してもらえないかくれんぼ

次《つぎ》の日《ひ》、三学期《がっき》の初日《しょにち》、僕《ぼく》がバスに乗《の》り込《こ》むと、初《はじ》めて見《み》る男子《だんし》が乗《の》っていた。僕《ぼく》はその子《こ》の後《うし》ろの席《せき》にすわった。すると、その子《こ》はくるっと振《ふ》り返《かえ》り、背《せ》もたれ越《ご》しに顔《かお》をのぞかせた。

「よっ！　オレ、ジェイソン。お前《まえ》、何年《なんねん》？　何《なん》て名前《なまえ》？」

「え？　五年《ねん》。ジュンヤ、ジュンヤ・カワサキ」

「すげーかっこいいな、バイクと同《おな》じ名前《なまえ》だ。オレも同《おな》じ五年《ねん》だよ。今日《きょう》から同《おな》じ学校《がっこう》に行《い》くんだ。Ｂ組《ぐみ》だってさ。お前《まえ》は？」

「うん、僕《ぼく》も。今年《ことし》からこの学校《がっこう》に来《き》たんだ。ジェイソンは今日《きょう》から転校《てんこう》？　初日《しょにち》なのに、お父《とう》さんとお母《かあ》さんと一緒《いっしょ》じゃないんだね？」

「ああ、グランパ*が手続《てつづ》きはしておいたってさ。だから、ただ行《い》けばいいんだよ。幼稚園《ようちえん》じゃないんだぜ」

つい数《すう》か月前《げつまえ》、その幼稚園児《ようちえんじ》だった僕《ぼく》はバツが悪《わる》かった。

「だよね」僕《ぼく》は首《くび》をすくめた。

「お前《まえ》んち、キャロットファームだろ？　ジャパニーズの。オレのグランパの羊《ひつじ》のファームは

＊グランパ…祖父のくだけた呼び方。おじいちゃん。

隣《となり》だぜ」

その時《とき》、一番聞《いちばんき》きたくなかった単語《たんご》が、『ジャパニーズ』または『フィッシュ』だった僕《ぼく》は、少《すこ》し身構《みがま》えた。

「僕《ぼく》んちのことより、キミはどっから引《ひ》っ越《こ》してきたの？」

でも、そう質問《しつもん》したとたん、ジェイソンは遠《とお》くを見《み》るような目《め》をして無口《むくち》になった。

僕《ぼく》はジェイソンと何《なん》となく肩《かた》を並《なら》べてスクールバスを降《お》りた。

彼《かれ》がまともに答《こた》えてくれたのは名前《なまえ》だけで、あとは僕《ぼく》が何《なに》を聞《き》いてもそっけなくはぐらかされた。同《おな》い年《どし》なのに、ジェイソンは年上《としうえ》みたいな感《かん》じがした。

怖《こわ》がる僕《ぼく》に無理矢理木登《むりやりきのぼ》りさせたキャロットファームの次男《じなん》ジャックをちらりと思《おも》い出《だ》した。

始業《しぎょう》のベルが鳴《な》ると、広《ひろ》い校庭《こうてい》のあちこちからクラスメイト達《たち》が集《あつ》まってきた。

ミセス・ニコルソンと握手《あくしゅ》をして教室《きょうしつ》に入《はい》り、カーペットの上《うえ》にすわる。

先生《せんせい》が出席《しゅっせき》を取《と》り、今日《きょう》のスケジュールや注意《ちゅうい》を伝《つた》える。それは、いつも通《どお》りの一日《いちにち》の滑《すべ》り出《だ》しだった。

違《ちが》っていることといえば、新入《しんい》りのジェイソンが僕《ぼく》の隣《となり》にすわっていることだけ。

「さあ、ジェイソン、みんなに自己紹介《じこしょうかい》してください」。ミセス・ニコルソンが静《しず》かな声《こえ》で言《い》った。

ジェイソンは、スタッと立《た》ち上《あ》がるとみんなの前《まえ》に立《た》ってしゃべり始《はじ》めた。朝《あさ》のスクールバスでの様子《ようす》とは全然違《ぜんぜんちが》う。

「ハイ！　オレの名前《なまえ》はジェイソン・ワット。西《にし》オーストラリア州《しゅう》のカルグーリーの町《まち》から来《き》ました。カルグーリーはずっと昔《むかし》*ゴールドラッシュで有名《ゆうめい》だった所《ところ》で、インディアンパシフィック鉄道《てつどう》の駅《えき》もあります。

好《す》きなスポーツは水泳《すいえい》とバスケ。よろしく！」

「しつもーん！」。ジェイソンが話《はな》し終《お》わるとすぐに、ジャスミンが人差《ひとさ》し指《ゆび》で天井《てんじょう》を指《さ》すように手《て》を挙《あ》げた。

「質問《しつもん》はひとりひとつね」。ミセス・ニコルソンが予防線《よぼうせん》を張《は》る。だって、ジャスミンの質問《しつもん》はとどまる所《ところ》を知《し》らないんだ。

「はい、わかりましたあ。ねえ、ジェイソン、お母《かあ》さんとお父《とう》さんは何《なん》ていうの？」

なんて退屈《たいくつ》な質問《しつもん》するんだろうって思《おも》ったその時《とき》、ジェイソンのクールな顔《かお》がこわばったような気《き》がした。

「*ダッドの名前《なまえ》はスティーブン。電気技師《でんきぎし》さ。*マムはケイティー。だけど、もういない。以《い》上《じょう》！」

＊ゴールドラッシュ…新しく金が発見された土地へ、大勢の人々が一攫千金をねらって押し寄せること。
＊ダッド…お父さんのくだけた呼び方。
＊マム…お母さんのくだけた呼び方。

ジェイソンは、他《ほか》の質問《しつもん》の手《て》が挙《あ》がるより早《はや》く席《せき》に戻《もど》った。

クラスは一瞬静《いっしゅんしず》かになって、そして、いつものにぎやかさを取《と》り戻《もど》した。

この四人《にん》で囲《かこ》むテーブルには僕《ぼく》とジャスミンだけがすわっていたから、ジェイソンの席《せき》が僕《ぼく》の向《む》かいに決《き》まってうれしかったけど、さっき彼女《かのじょ》がした質問《しつもん》のこともあって、僕《ぼく》はちょっと緊張《きんちょう》していた。

僕《ぼく》が思《おも》い切《き》ってジェイソンに話《はな》しかけようとした時《とき》、先生《せんせい》が急《きゅう》に僕《ぼく》に向《む》き直《なお》った。

「さあ、ジュンヤ、これを付《つ》けて」

先生《せんせい》がハッピーバースデーバッジを僕《ぼく》のジャンパーにくっ付《つ》けた。

「あなたのバースデーはきのうだったけど、今日《きょう》もすてきな日《ひ》になるといいわね」

ミセス・ニコルソンは、いつだって優《やさ》しいんだ。

そしてみんなはハッピーバースデーの歌《うた》を歌《うた》い、最後《さいご》に一回手《かいて》を打《う》ってくれた。

ジェイソンは元気良《げんきよ》く手《て》を打《う》ち鳴《な》らしたあと、「きのう隣《となり》のファームが子《こ》どものパーティーでにぎやかだったって、グランパが言《い》ってたけど、お前《まえ》のバースデーだったんだ。おめでとう！」と肩《かた》をすくめて笑《わら》った。

僕《ぼく》は、ありがとうも言《い》えず、速《はや》く、静《しず》かに、今日《きょう》という日《ひ》が去《さ》っていってくれるように手《て》を握《にぎ》りしめていた。

「さあ、今日《きょう》のニュースの当番《とうばん》は、コビーね。前《まえ》に出《で》て、ホリデーのお話《はなし》をしてください」

「写真《しゃしん》とか、見《み》せるもんないけど、話《はなし》だけでもいいの？」

「うーん、ちょっと残念《ざんねん》だけど、楽《たの》しいお話聞《はなしき》かせてくれるかしら。三分《ぷん》でお願《ねが》いします」

先生《せんせい》はタイマーのスイッチを押《お》した。

「オレら、きのうジュンヤのバースデーパーティーに行《い》ったんだあ」

（うそだろ？　この展開《てんかい》？　ありえない！）

「で、」

コビーの唇《くちびる》の端《はし》がちょっと上《あ》がった瞬間《しゅんかん》、僕《ぼく》は覚悟《かくご》した。

「すっごいたくさん食《た》べ物《もの》があって、トラクターにも乗《の》って楽《たの》しかったんだけど、スッゲエ、くっさい魚《さかな》のバーベキューで死《し》にそうになって、」

「ストップ！　あなたの時間《じかん》はここまで！」

ミセス・ニコルソンが、おっかない顔《かお》でコビーの話《はなし》を止《と》めた。

「あはは、早《はや》く終《お》わってラッキー！」

コビーは悪《わる》びれずに席《せき》に着《つ》いた。クラスのあちこちから、こそこそ話《ばなし》とくすくす笑《わら》いが漏《も》れてきた。

「私《わたし》のお洋服《ようふく》も臭《くさ》くなったのよお」って、ジャスミンがかわいくおどけてみせた。

普段静《ふだんしず》かな先生《せんせい》が、すっごく怖《こわ》い声《こえ》で、『Care Respect Honest《ケア リスペクト オネスト》』と書《か》かれたクラスの目標《もくひょう》ポスターを読《よ》み上《あ》げた。相手《あいて》の気持《きも》ちを思《おも》いやる、尊重《そんちょう》する、そして、うそをつくなってことだ。

「コピー、今《いま》あなたがふざけて言《い》ったことが、どんなに人《ひと》を傷《きず》つけることか、休《やす》み時間《じかん》ここに残《のこ》って先生《せんせい》とお話《はな》ししましょう。あと、笑《わら》った人達《ひとたち》もね。同罪《どうざい》です。笑《わら》った人《ひと》は、正直《しょうじき》に手《て》を挙《あ》げて」

すると、驚《おどろ》いたことにクラスのほとんどが手《て》を挙《あ》げた。

ちらりと前《まえ》をうかがい見《み》ると、ジェイソンは黙《だま》って窓《まど》の外《そと》を見《み》ていた。


休《やす》み時間《じかん》はひとりで校庭《こうてい》の金網《かなあみ》に体《からだ》を預《あず》けて過《す》ごした。

僕《ぼく》は沈《しず》み込《こ》む気持《きも》ちの中《なか》で混乱《こんらん》していた。

半分《はんぶん》かじったリンゴをゴミ箱《ばこ》に捨《す》てて、ベルと共《とも》に教室《きょうしつ》に入《はい》ると、みんながしょぼんとしているのがわかった。

先生《せんせい》の顔《かお》は落《お》ち着《つ》いていた。そして、コピーが代表《だいひょう》で、休《やす》み時間《じかん》にクラスのほとんどが先生《せんせい》に書《か》かされたお詫《わ》びのカードの束《たば》を僕《ぼく》に手渡《てわた》した。

「Sorry, Junya. I will never do that again!《ソーリー ジュンヤ アイ ウィル ネバー ドゥー ザット アゲイン》（ジュンヤ、ごめんなさい。あんなことは二度《にど》としません)」

お決《き》まりの言《い》い回《まわ》しに対《たい》し、「わかった。もういいよ、ありがとう」と言《い》う以外《いがい》、どんな言《い》い方《かた》があるだろう。

昼休《ひるやす》みまでの二時間《じかん》、クラスはとても静《しず》かだった。そして、長《なが》い長《なが》い時間《じかん》がけたたましいベルでちぎられると、僕《ぼく》はランチボックスをスクールバッグから取《と》り出《だ》して席《せき》に戻《もど》った。

コビーを目《め》で追《お》うと、彼《かれ》はサンドイッチのパンのみみをちぎり捨《す》てながらみんなの輪《わ》の中《なか》にいた。

でも、僕《ぼく》はどうやってその輪《わ》の中《なか》に入《はい》っていったらいいのかわからなかった。

次《つぎ》の日《ひ》、誕生日《たんじょうび》のマグロ事件《じけん》はなかったかのようにみんなは普通《ふつう》だった。普通《ふつう》にフレンドリーだった。

コビーは相変《あいか》わらず悪《わる》ガキで、朝《あさ》から音楽《おんがく》の先生《せんせい》を怒《おこ》らせ、ジャスミンは母親気取《ははおやきど》りで僕《ぼく》の面倒《めんどう》をみようとしていた。

ジェイソンはバスの中《なか》でも学校《がっこう》でも、僕《ぼく》にバースデーパーティーで何《なに》があったのかは聞《き》いてこなかった。

なんだ、何《なに》もなかったんだ。僕《ぼく》は勇気《ゆうき》を振《ふ》り絞《しぼ》っていつもの僕《ぼく》を演《えん》じながら、その演技《えんぎ》が現《げん》実《じつ》の時間《じかん》に溶《と》けるのを待《ま》った。

昼休《ひるやす》み、キースと彼《かれ》のフットボール仲間《なかま》がかくれんぼをしようとみんなを誘《さそ》っていた。

僕《ぼく》は事件前《じけんまえ》とまったく同《おな》じ笑顔《えがお》で手《て》を挙《あ》げた。

五人《にん》で始《はじ》まったかくれんぼは、一回《かい》、二回《かい》と鬼《おに》が代《か》わった。三回目《かいめ》、僕《ぼく》は低学年《ていがくねん》の子達《こたち》に紛《まぎ》れ、砂場《すなば》の隅《すみ》に隠《かく》れた。すぐに見《み》つかるかもしれないけど、そろそろ鬼《おに》もいいかなと思《おも》っていた。どの位《くらい》たっただろう。ちびっ子達《こたち》の砂《すな》の山《やま》や道路工事《どうろこうじ》を見飽《みあ》きて首《くび》を伸《の》ばしてみると、あとの四人《にん》はバスケットボールコートでボールを追《お》っていた。

その時《とき》、漢字《かんじ》の『田《た》』のような線《せん》が引《ひ》かれたダウンボールのコートで、自分《じぶん》がボールを打《う》つ順番《じゅんばん》を待《ま》っていたジェイソンと目《め》が合《あ》ってしまった。


誕生会《たんじょうかい》が引《ひ》き金《がね》なら、一生懸命《いっしょうけんめい》やってくれたお父《とう》さんとお母《かあ》さんにこんなことを話《はな》せるわけがない。

うちに帰《かえ》ると、僕《ぼく》はまず、お詫《わ》びカードの束《たば》の隠《かく》し場所《ばしょ》に思《おも》いを巡《めぐ》らせた。

泣《な》く前《まえ》にカードを片付《かたづ》けることは、寝《ね》る前《まえ》に通信教育《つうしんきょういく》のプリントを片付《かたづ》けることより、僕《ぼく》の人生《じんせい》にとっては重要《じゅうよう》なことだった。

四　グランパとルーシー

隣《となり》に行《い》くにも車《くるま》で行《い》くような田舎《いなか》では、僕《ぼく》の家《いえ》から隣《となり》の家《いえ》はファームを挟《はさ》んで遥《はる》か彼方《かなた》に見《み》えた。そのファームの端《はし》には、一〇〇年《ねん》以上《いじょう》も前《まえ》からあるような今《いま》は誰《だれ》も住《す》んでいない掘《ほ》っ建《た》て小屋《ごや》が建《た》っていた。

一刻《いっこく》も早《はや》くこのカードの束《たば》を遠《とお》くに押《お》しやってしまいたかった僕《ぼく》は、その小屋《こや》に隠《かく》すことをひらめいた。

遠《とお》くから眺《なが》める草《くさ》は絨毯《じゅうたん》のようだったけれど、実際《じっさい》に小屋《こや》に向《む》かって歩《ある》き始《はじ》めると、草《くさ》の丈《たけ》は僕《ぼく》の膝《ひざ》が埋《う》まってしまうほど高《たか》い。

おまけに、冬《ふゆ》には雨《あめ》がよく降《ふ》るから、草《くさ》も濡《ぬ》れている。僕《ぼく》は、海《うみ》の浅瀬《あさせ》を横切《よこぎ》るように足《あし》を引《ひ》きずった。スクールバッグに入《い》れたカードの束《たば》が重《おも》い。

やっと小屋《こや》にたどり着《つ》いた。ズボンも靴《くつ》もぐっしょりだった。うちの方《ほう》を振《ふ》り返《かえ》った。赤《あか》い屋根《やね》の家《いえ》が視界《しかい》に入《はい》ったことでほっとした。遭難《そうなん》はしていなかった。

小屋《こや》にはドアノブも窓《まど》ガラスもなかった。それはまるで大《おお》きな木《き》のオバケみたいだった。

どこから入《はい》ろうかとうろうろしていると、「ウワッ！」何《なに》かが僕《ぼく》のお尻《しり》をつっついた。そして、あったかいものが手《て》をなめた。僕《ぼく》は思《おも》わず、女《おんな》の子《こ》みたいな悲鳴《ひめい》を上《あ》げた。なめられた手《て》の先《さき》を見《み》た。そこには泥《どろ》まみれのゴールデンレトリーバーがいた。

「そこの坊主《ぼうず》！　わしのファームで何《なに》しとるんじゃ？」

「あ、あの……」

「オー、隣《となり》のジャパニーズの坊主《ぼうず》か？」

背《せ》の高《たか》い、オイルスキンのファームコートを着《き》たサンタクロースのようなおじいさんが、遠《とお》くから近《ちか》づいてきた。

「僕《ぼく》はジュンヤだよ。おじいさんは？」

「わしは、トムじゃ。グランパって呼《よ》んでもいいぞ。孫《まご》はそう呼《よ》ぶ」

「犬《いぬ》の名前《なまえ》は？」

「ルーシー。悪《わる》いことばかりするんじゃ、こいつは。今日《きょう》はうさぎを追《お》いかけて、半日迷子《はんにちまいご》になっとった」

「うさぎ、捕《つか》まえたの？」

「うさぎの方《ほう》が速《はや》いさ。そんなこともわからんで夢中《むちゅう》で追《お》っかけるんだ。バカじゃろう？」

グランパはそう言《い》うと、ルーシーの頭《あたま》をポンポンとなでた。

「バカじゃないよ。一生懸命《いっしょうけんめい》やったって、ダメなことはしょうがないんだ」

(僕《ぼく》が友達《ともだち》を作《つく》れないように)

「泣《な》くこたあないじゃろう?」

大《おお》きな堅《かた》い手《て》が頭《あたま》に置《お》かれると、僕《ぼく》はほっぺたが涙《なみだ》で濡《ぬ》れているのに気《き》が付《つ》いた。そして、しゃくり上《あ》げながら、引《ひ》き金《がね》になった誕生会《たんじょうかい》の話《はなし》を、オイルスキンのコートのポケットにぶつけた。

グランパは立《た》ったまま、ずっと僕《ぼく》の話《はなし》を聞《き》いていた。うなずくこともしないで、静《しず》かに長《なが》い長《なが》い僕《ぼく》の話《はなし》を聞《き》いていた。

大声《おおごえ》を出《だ》して泣《な》いたら、気持《きも》ちのいい空気《くうき》が胸《むね》に入《はい》ってきた。

「ジュンヤ、お前《まえ》、そんなリュック担《かつ》いで何《なん》の冒険《ぼうけん》じゃ?」

「これ、ただのスクールバッグだよ」

「ふむ、携帯《けいたい》は入《はい》ってるか?」

「うん、いつも入《はい》ってる」

「じゃあ、ここから母《かあ》さんに連絡《れんらく》しておけ。あとで、隣《となり》のトムが送《おく》っていくって。心配《しんぱい》しなさんな。お前《まえ》の母《かあ》さんと父《とう》さんとはもう挨拶《あいさつ》ずみじゃ。叱《しか》られやしないさ」

僕《ぼく》は最短《さいたん》のテキストメッセージを送《おく》った。

お母《かあ》さんからは「怒《おこ》った顔文字《かおもじ》&わかった」と、ひと言返信《ことへんしん》が来《き》た。

「向《む》こうのシェッド*に行《い》こう。まずは、その半分濡《はんぶんぬ》れたズボンを乾《かわ》かさんとな」

グランパは楽《たの》しい秘密《ひみつ》を隠《かく》しているみたいに、くしゃっとウインクして見《み》せた。

トラクターや芝刈《しばか》り機《き》が並《なら》ぶシェッドには、見上《みあ》げるほどの高《たか》さまで干《ほ》し草《くさ》とまきが積《つ》んであって、森《もり》の匂《にお》いがしていた。簡易《かんい》キッチンの向《む》こうには大《おお》きな作業台《さぎょうだい》があって、その脇《わき》に作《つく》られた暖炉《だんろ》には火《ひ》が入《はい》っていた。シャッターは上《あ》がっていたのに、暖炉《だんろ》の周《まわ》りだけは暖《あたた》かかった。

グランパはリンゴの絵《え》の焼《や》き印《いん》が押《お》された木《き》の箱《はこ》を二つ持《も》ってくると、そこに引《ひ》っくり返《かえ》して置《お》いた。

「まあ、つっ立《た》ってないですわれ」

「ありがと」

「なあ、ジュンヤ。さっきのお前《まえ》の話《はなし》じゃがな、人間《にんげん》っていうのは、弱《よわ》い人強《ひとつよ》い人《ひと》、頭《あたま》のいい人《ひと》、アホにバカってなあ、色々《いろいろ》いるわけじゃ。その上《うえ》に、どこの国《くに》、どこの州《しゅう》、どこの町《まち》から来《き》たっていうのがあってな、みんな、自分《じぶん》を主張《しゅちょう》する。

金持《かねも》ちだ貧乏《びんぼう》だっていうのは、誰《だれ》の目《め》にもはっきりしているから理解《りかい》しやすいんじゃが、自《じ》分《ぶん》に満足《まんぞく》している人《ひと》、コンプレックスを持《も》っている人《ひと》っていうくくりは難《むずか》しい。なんせ、本人《ほんにん》

*シェッド…農機具やトラクターなどをしまう倉庫。

がそれに気《き》が付《つ》いていないことも多《おお》いからな」

「え？　自分《じぶん》に自信《じしん》があるかどうかってことでしょ？　みんなわかっていると思《おも》うよ」

「ジュンヤ、お前《まえ》は頭《あたま》がいいようじゃな。でもな、ほとんどの人間《にんげん》が自分《じぶん》のことをよくわかっていないんじゃよ。神様《かみさま》じゃあないからな」

「僕《ぼく》は、自分《じぶん》には友達《ともだち》がいないっていうコンプレックスがあって、結構不幸《けっこうふこう》だってわかってるよ」

僕《ぼく》はグランパが始《はじ》めた難《むずか》しい話《はなし》に立《た》ち向《む》かいながら、もう一度《いちど》自分《じぶん》の気持《きも》ちを確《たし》かめた。

「ま、不幸《ふこう》な経験《けいけん》をしたのは確《たし》かなようじゃな」。グランパは、楽《たの》しそうに僕《ぼく》を見《み》た。

「今言《いまい》ったようになあ、全然違《ぜんぜんちが》う人間《にんげん》が、ごちゃ混《ま》ぜの中《なか》にひとりでいるわけじゃから、みんな自分《じぶん》の立《た》ち位置《いち》が決《き》まらずに右往左往《うおうさおう》してるってことじゃ」

「みんなって、グランパも？」

グランパは、質問《しつもん》には答《こた》えないで黙《だま》って話《はなし》を続《つづ》けた。

「でじゃ。そこで、ひとりを槍玉《やりだま》に挙《あ》げることで、その周《まわ》りの不安《ふあん》な人間達《にんげんたち》が見《み》せかけの絆《きずな》を作《つく》る。自分《じぶん》の居場所《いばしょ》を作《つく》る。人間《にんげん》の弱《よわ》さがそうさせる。世界中《せかいじゅう》で、小《ちい》さい子《こ》どもから年寄《としよ》りまで、タンポポが咲《さ》くようにあっちでこっちでじゃ」

「ふうん。みんな結構《けっこう》いろいろ心配《しんぱい》なんだ」

「そう、心配《しんぱい》なんじゃ。お前《まえ》、なかなか面白《おもしろ》いぞ。わっはっは」

そんなに笑《わら》わなくてもいいのに。

「本当《ほんとう》に可哀想《かわいそう》なのは、お前《まえ》の周《まわ》りのガキどもじゃ。ジュンヤはついていなかった。ただ引《ひ》き金《がね》を引《ひ》いちまったんじゃよ」

僕《ぼく》は、スクールバッグを強《つよ》く抱《だ》きしめながらグランパの話《はなし》を聞《き》いていた。

ルーシーは、僕《ぼく》の靴《くつ》の上《うえ》にあごを乗《の》せていた。

「ビスケット食《く》うか？　ジュンヤ」

グランパはゆっくりと立《た》ち上《あ》がると、コアラとワライカワセミの絵《え》のデザインの大《おお》きい缶《かん》を持《も》ってきた。

「ばあさんが亡《な》くなってから、ビスケットはいつもこれじゃよ。わしには、ばあさんと同《おな》じビスケットが作《つく》れんからな」

「僕《ぼく》知《し》ってるよ、これ。お父《とう》さんも会社《かいしゃ》でこれ買《か》ってる。お徳用《とくよう》ファミリーパックだよね？」

「やっぱりお前《まえ》は面白《おもしろ》いのお、ジュンヤ」

「面白《おもしろ》いかなあ？　ね、グランパはこのビスケットがお気《き》に入《い》りなんだね」

「わからんよ。わからんで食《た》べとる」

天井《てんじょう》で大《おお》きな音《おと》がした。

「コラ！　危《あぶ》ないから雨《あめ》で濡《ぬ》れている時《とき》は上《のぼ》っちゃいかんと言《い》っただろ。まったく、どこへ行《い》っているかと思《おも》えばまた屋根《やね》の上《うえ》じゃ」

グランパは、シャッターを上《あ》げると空《そら》に向《む》かって怒鳴《どな》った。

「心配《しんぱい》いらないよ、グランパ。オレ、あの木《き》にだって登《のぼ》れるさ」

そこから僕《ぼく》らを見下《みお》ろしているのはジェイソンだった。

ああ、そういえば、ジェイソンはグランパのファームが僕《ぼく》の家《いえ》の隣《となり》にあるって言《い》っていたよな。そうか！　グランパはジェイソンのおじいさんなんだ。

「今《いま》からジュンヤを送《おく》っていくぞ。お前《まえ》の父親《ちちおや》ももう帰《かえ》っとるじゃろう。お前《まえ》もついでに送《おく》ってやろう。子守《こも》り時間《じかん》は終了《しゅうりょう》じゃ。一緒《いっしょ》に来《こ》い」

「よ！　ジュンヤ、せっかく来《き》たのにもう帰《かえ》るんだ。つまんないな。でも、荷台《にだい》に乗《の》っていいならオレも行《い》くよ、グランパ。ルーシーも連《つ》れてっていいよな？」

「いいも何《なに》も、もう荷台《にだい》の上《うえ》におるよ」

結局《けっきょく》、本日《ほんじつ》の目的《もくてき》だった『お詫《わ》びカードの処分《しょぶん》』は達成《たっせい》されないまま、僕《ぼく》らはルーシーと一緒《いっしょ》に荷台《にだい》に飛《と》び乗《の》った。少《すこ》し暗《くら》くなっていたけれど、なぜか親《おや》には叱《しか》られなかった。

五　僕《ぼく》らの秘密基地《ひみつきち》

ミセス・ニコルソンの怖《こわ》い顔《かお》が効《き》いたのか、ばか騒《さわ》ぎはその日《ひ》からぱたりと収《おさ》まったように見《み》えたけど、低空飛行《ていくうひこう》の日《ひ》は続《つづ》いた。クラスメイトと普通《ふつう》に接《せっ》するのに神経《しんけい》を使《つか》っていることが、僕《ぼく》の気持《きも》ちを重《おも》くしていた。

何《なん》でもない振《ふ》りをするのに精一杯《せいいっぱい》なのに、先生《せんせい》はよくグループワークの指示《しじ》をする。二九人《にん》のクラスを三つとか五つに分《わ》けたりするけれど、運良《うんよ》く欠席者《けっせきしゃ》がいて人数《にんずう》が割《わ》り切《き》れる時《とき》以外《いがい》、誰《だれ》かが余《あま》る。そして、それはいつだって僕《ぼく》なんだ。

キースのグループに行《い》こうとすると、彼《かれ》らは笑顔《えがお》で「他《ほか》のグループを助《たす》けてあげなよ」って言《い》う。

そして、ジャスミンのグループを見《み》ると、仲良《なかよ》しの女《おんな》の子《こ》が集《あつ》まって盛《も》り上《あ》がっている。他《ほか》のグループからも、僕《ぼく》に目配《めくば》せはない。

クラスの中《なか》を自分《じぶん》が入《はい》るグループを求《もと》めて放浪《ほうろう》する時《とき》、僕《ぼく》の顔《かお》は歪《ゆが》んでいった。

ジェイソンは何気《なにげ》に声《こえ》をかけてくれたけれど、そうすることで、ジェイソンが僕《ぼく》と一緒《いっしょ》に最《さい》後《ご》まであぶれることも増《ふ》えた。

「先生《せんせい》が決《き》めてくれたらいいのに。生徒《せいと》の自主性《じしゅせい》に何《なん》でも任《まか》せるから」

ルーシーの首《くび》を抱《だ》いてふてくされる僕《ぼく》に、グランパは犬用《いぬよう》ブラシを放《ほう》ってきた。

ルーシーはうちの敷地《しきち》に入《はい》り込《こ》んでいることが多《おお》く、学校《がっこう》から帰《かえ》った僕《ぼく》を見《み》つけるとまっしぐらにジャレついてくる。

最近《さいきん》、僕《ぼく》は通信教育《つうしんきょういく》のプリントに取《と》りかかる前《まえ》に、ルーシーを送《おく》っていくのが日課《にっか》になっていた。だから、僕《ぼく》はうちでは泣《な》かないですんだ。

夕方《ゆうがた》、グランパはいつもシェッドにいるし、それにルーシーを送《おく》っていけば、ジェイソンもお父《とう》さんの仕事《しごと》が終《お》わるまでグランパのところにいることが多《おお》かったから、僕《ぼく》はひとりぼっちで悩《なや》むことなく自分《じぶん》を取《と》り戻《もど》すことが出来《でき》た。


「おい、ジュンヤ、毛《け》がこんがらがってるから乱暴《らんぼう》にやっちゃダメじゃぞ」

僕《ぼく》はルーシーのぐちゃぐちゃの毛並《けな》みをそっと整《ととの》えながら、グランパに文句《もんく》を言《い》った。

「僕《ぼく》が入《はい》れば、絶対《ぜったい》そのグループが勝《か》てるんだ。だって、僕《ぼく》、算数《さんすう》なんてダントツに出来《でき》るんだよ。六年生《ねんせい》の問題《もんだい》だって簡単《かんたん》だよ。なのに、みんなわかっていないんだ。僕《ぼく》がどんなに出来《でき》るか！」

「よく、わかってるのさ」

「じゃあ、何《なん》で？」

その時《とき》、ルーシーはキャンと吠《ほ》えてちょっと牙《きば》を見《み》せた。ブラシがこんがらがっていた毛《け》を容赦《ようしゃ》なく引《ひ》っ張《ぱ》ったから。

「なあ、ジュンヤ、お前《まえ》はいい子《こ》なのに、どうやら、嫌《きら》われているんじゃなあ」

「それは言《い》い過《す》ぎだよ、グランパ。ジュンヤに謝《あやま》れよ」

ちょうどシェッドに顔《かお》を出《だ》したジェイソンがグランパに食《く》ってかかった。

「いや、嫌《きら》われとるよ。うん」

僕《ぼく》はルーシーの首《くび》に顔《かお》を押《お》し付《つ》けて、怒《いか》りで涙《なみだ》があふれてくるのを隠《かく》した。グランパがどんなひどいことを言《い》ったのかも知《し》らずに、ルーシーは鼻先《はなさき》で僕《ぼく》の手《て》をつっつき、ブラッシングの続行《ぞっこう》をねだった。

「悪《わる》い人間《にんげん》だけが嫌《きら》われるんと違《ちが》うぞ。お前《まえ》らはどんな時《とき》、誰《だれ》かを嫌《きら》いだと思《おも》う？」

「オレは、マムのことをしつこく聞《き》くヤツが大嫌《だいきら》いだ。あとは、友達《ともだち》を陥《おとし》れるうそつくヤツ」

「僕《ぼく》は、うそつかれたり、いじられたり、無視《むし》されたり。うーん、最近《さいきん》はもっとあるよ。誰《だれ》かが友達《ともだち》と楽《たの》しそうに笑《わら》っているのを見《み》るだけで大《だい》っ嫌《きら》いだと思《おも》っちゃう。最低《さいてい》だよ」

「普通《ふつう》じゃよ。わしだって、年取《としと》っている分《ぶん》もっとあるぞ。はっはっは」

「グランパも？」

「人《ひと》が人《ひと》を嫌《きら》う理由《りゆう》ってのはな、星《ほし》の数《かず》ほどあるさ。バカにされるとか、損《そん》させられるとか、無視《むし》されるとか、うらやましいって感《かん》じさせられるとか……そういうことをされるとな、わしらの心《こころ》の中《なか》に『イヤ』だとか、『怖《こわ》い』って気持《きも》ちが生《う》まれる。で、自分《じぶん》を守《まも》るために『嫌《きら》い』っていうエネルギーをためて相手《あいて》を拒絶《きょぜつ》する」

「ルーシーも今《いま》、一瞬僕《いっしゅんぼく》のことが嫌《きら》いだったね。痛《いた》い思《おも》いさせたから」

「一瞬《いっしゅん》な。でも、それが一瞬《いっしゅん》じゃなければお前《まえ》はかまれとる。痛《いた》いぞお！　はっはっは」

僕《ぼく》の横《よこ》で木切《きぎ》れをいじっていたジェイソンがグランパに向《む》き直《なお》った。

「でも、どうして、クラスのヤツらはジュンヤが怖《こわ》いんだよ？　オレは怖《こわ》くないぜ」

「ん？　学校《がっこう》でもブラッシングに力《ちから》が入《はい》り過《す》ぎたことがあったんじゃないかの？」

ルーシーの機嫌《きげん》はすっかり直《なお》っていて、僕《ぼく》の手《て》とジェイソンの手《て》を交互《こうご》になめていた。

「ジュンヤ、ジェイソン、お前《まえ》らせっかくこの秘密基地《ひみつきち》で一緒《いっしょ》になったんじゃ。学校《がっこう》で一緒《いっしょ》に宝探《たからさが》しをしてこい。そう、宝探《たからさが》しじゃ！」

ジェイソンが吹《ふ》き出《だ》した。

「グランパ、何言《なにい》ってんの？　どこが秘密基地《ひみつきち》で、何《なに》が宝《たから》なんだよ？」

「このゲームは面白《おもしろ》いぞ！　このシェッドがわしら三人《にん》と一匹《ぴき》の秘密基地《ひみつきち》で、わしが差《さ》し詰《ず》め隊長《たいちょう》じゃ。宝《たから》は学校《がっこう》にある。そして、それはお前《まえ》らの一生《いっしょう》の宝《たから》になる。わしがミッションを出《だ》すから隊員《たいいん》のお前《まえ》らがそれを見《み》つけてくるんじゃ」

六　「宝探《たからさが》し1」はイヤなこと

五年生《ねんせい》の冬《ふゆ》、二学期《がっき》が終《お》わろうとしていた。

隊長《たいちょう》のミッションは、休《やす》みに入《はい》る前《まえ》に、学校《がっこう》で友達《ともだち》にされたらイヤなことを三つずつ、それぞれが探《さが》してくることだった。

「いいか、ジュンヤ、ジェイソン。これは秘密《ひみつ》のミッションだぞ。だから、学校《がっこう》ではそれぞれが普通《ふつう》に過《す》ごすこと。学校《がっこう》でミッションのことについて、つるんで話《はな》し合《あ》ったりしないこと。何《なに》より大事《だいじ》なのは、普通《ふつう》の生活《せいかつ》の中《なか》で自分《じぶん》が自分《じぶん》と向《む》き合《あ》うことなんじゃ。ただし、基地《きち》に戻《もど》ってきたら何《なん》でも話《はな》し合《あ》ってよろしい」

「わかった。けどさあ、これ、本当《ほんとう》に面白《おもしろ》いゲームなのか？」

ジェイソンはこのグランパの計画《けいかく》にイマイチ楽《たの》しみを見《み》いだしていないようだったけれど、それをいえば僕《ぼく》だって同《おな》じだ。

お弁当《べんとう》を持《も》ってウォンバット*を探《さが》す方《ほう》が、学校《がっこう》での宝探《たからさが》しよりワクワクする。

「でも、ウォンバットは夏《なつ》になってからでもいいや」

「オレも了解《りょうかい》。元々《もともと》オレ達学校《たちがっこう》ではつるんでいることは少《すく》なかったし」

＊ウォンバット…オーストラリアに生息する、アナグマに似た有袋類の動物。

っていうよりは、僕《ぼく》はなるべくジェイソンとつるまないようにしていたんだ。

ジェイソンは僕《ぼく》の情《なさ》けない状況《じょうきょう》を結構見《けっこうみ》ていたけど、特《とく》に気《き》に留《と》める様子《ようす》もなく何《なに》かと声《こえ》をかけてくれたし、朝《あさ》のスクールバスではいつも僕《ぼく》の近《ちか》くにすわって話《はな》しかけてきた。

僕《ぼく》にとってそれが支《ささ》えになっていたのは確《たし》かだったけれど、クラスメイトがだんだんジェイソンを変《か》わり者扱《ものあつか》いするのを感《かん》じていたから。

「よし。そうと決《き》まれば、ビールで乾杯《かんぱい》ってわけにはいかんから、ホットチョコレートでも作《つく》ってやろう」

次《つぎ》の日学校《ひがっこう》に着《つ》くと、ジェイソンと一瞬目配《いっしゅんめくば》せをして校門《こうもん》をくぐった。

ベルが鳴《な》り、教室《きょうしつ》の前《まえ》に並《なら》ぶ。先生《せんせい》と握手《あくしゅ》してカーペットにすわる。お宝《たから》はまだ遠《とお》い。

先生《せんせい》が出席《しゅっせき》を取《と》り始《はじ》めると、ベンが遅《おく》れて入《はい》ってきた。彼《かれ》はみんなをかき分《わ》けて一番前《いちばんまえ》の僕《ぼく》の隣《となり》に体《からだ》をねじ込《こ》ませた。

「ミセス・ニコルソン！　ジュンヤが僕《ぼく》に場所《ばしょ》を少《すこ》し譲《ゆず》ってくれないんです」

ベンは手《て》を挙《あ》げて、悲《かな》しそうに言《い》った。

これも、日本に行《い》った時《とき》、いとこ達《たち》と話《はな》していて気《き》が付《つ》いたことだけれど、オーストラリアの学校《がっこう》では、日本とちょっと違《ちが》っていて、先生《せんせい》に何《なん》でも開《あ》けっぴろげに言《い》いつけるのが普通《ふつう》なんだ。それによって、言《い》いつけられた方《ほう》が仕返《しかえ》しをするっていうこともほとんどないって言《い》ったら、みんな不思議《ふしぎ》がっていた。

「ベン、あなたが先《さき》に言《い》うべきことは『エックスキューズミー(ちょっと、すみません)』で文句《もんく》じゃないはずよ」

「しまったなあ。ジュンヤ、『エックスキューズミー！』そこどいて」

くすくす笑《わら》いが漏《も》れ聞《き》こえてきた。

僕《ぼく》の顔《かお》は少《すこ》し火照《ほて》った。意地《いじ》になって居《い》すわりたかったけれど、争《あらそ》うのが面倒《めんどう》なのはわかっていたから、少《すこ》しだけ横《よこ》にずれた。

ミセス・ニコルソンは、ため息《いき》をつくと出欠《しゅっけつ》を取《と》り続《つづ》けた。

いつもなら、ここで一日《いちにち》は閉《と》ざされるのだけれど、ミッションのおかげか、何《なん》だか魚《さかな》を一匹《ぴき》釣《つ》ったような感《かん》じがするのがおかしかった。

ちょっと振《ふ》り返《かえ》ると、ジェイソンが知《し》らん顔《かお》を決《き》め込《こ》んでいた。

昼休《ひるやす》みは、キース達《たち》がバスケを始《はじ》めたので僕《ぼく》もそこに行《い》くと、彼《かれ》らは普通《ふつう》に僕《ぼく》をゲームに入《い》

れてくれるのだけど、いつもの通《とお》り、途中《とちゅう》からボールは回《まわ》ってこなくなった。

「オレさあ、時々《ときどき》不思議《ふしぎ》に思《おも》うんだけどよ、何《なん》で、ジュンヤ、いつもわざわざバスケとかに入《はい》っていくわけ？」

放課後《ほうかご》、うちの玄関《げんかん》マットの上《うえ》で寝《ね》そべっていたルーシーを連《つ》れてシェッド……じゃなかった、秘密基地《ひみつきち》に行《い》くと、今日《きょう》は珍《めずら》しくジェイソンの方《ほう》が先《さき》に来《き》ていた。

グランパはまだファームで病気《びょうき》の羊《ひつじ》をみていたから、僕《ぼく》らはクリーク*の方《ほう》に歩《ある》いた。こっちの方《ほう》にはウォンバットの穴《あな》だけじゃなくてキツネの穴《あな》もあるから、ルーシーのお気《き》に入《い》りのコースなんだ。

「『わざわざ』っていうより、『頑張《がんば》って』って言《い》ってほしいよ」

「何《なん》で頑張《がんば》るんだよ」

「え？　だって、避《さ》けたり、泣《な》いたりしたら、僕《ぼく》、今《いま》の悲《かな》しい状況《じょうきょう》がドカンと僕《ぼく》の上《うえ》にのっかっちゃうような気《き》がするんだ」

「ふうん」

ルーシーは僕《ぼく》らにはお構《かま》いなく、しっぽを振《ふ》りながら夢中《むちゅう》で草《くさ》むらをかぎ回《まわ》っていた。

ルーシーの宝探《たからさが》しは、いつだって、とても楽《たの》しそうなんだ。

＊クリーク…小川。

「ところでさあ、ジェイソンは今日《きょう》イヤなこと見《み》つけた？」

「お前《まえ》ほど簡単《かんたん》じゃないさ。あはは」

「笑《わら》わないでよ」

「ごめんごめん。でもさあ、気《き》を付《つ》けていると、結構《けっこう》イヤなことって多《おお》いぜ。特《とく》に、ジャスミンのおせっかいはうんざりだ」

「それは同感《どうかん》だよ。あははは」


遠《とお》くでグランパが手《て》を振《ふ》っているのが見《み》えた。

ジェイソンが口笛《くちぶえ》を吹《ふ》いてルーシーを呼《よ》び戻《もど》そうとしたけれど、そんなの無駄《むだ》だ。ルーシーはかなり遠《とお》くに狩《か》りに出《で》たらしい。

「今日《きょう》は早速収穫《さっそくしゅうかく》があったかの？」

「ジュンヤは大漁《たいりょう》だけど、オレは雑魚《ざこ》ばっかりだ」

「僕《ぼく》だって今日《きょう》は雑魚《ざこ》な方《ほう》だよ」

「それは何《なに》よりじゃないか」

グランパは電気《でんき》ケトルでお湯《ゆ》を沸《わ》かすと、マグカップを四つ並《なら》べた。

そこへ、デニムのつなぎの上《うえ》に反射板《はんしゃばん》の付《つ》いたオレンジの安全《あんぜん》ベストを着《き》たおじさんが入《はい》ってきた。ヘーゼル色《いろ》の目《め》がジェイソンと同《おな》じだった。

「ハロー、キミはジュンヤだね。私《わたし》はジェイソンのダッドのスティーブンだ。仕事《しごと》が終《お》わると住《す》まいの方《ほう》でワクワクの掃除《そうじ》やらウキウキの洗濯《せんたく》とかで忙《いそが》しくてね。なかなかキミ達《たち》の秘密基《ひみつき》地《ち》に顔《かお》を出《だ》せなかった」

スティーブンはおどけてウインクしてみせた。

「こんなに早《はや》く、ジェイソンにいい友達《ともだち》が出来《でき》て本当《ほんとう》に良《よ》かったよ。私《わたし》の料理《りょうり》の腕《うで》がもうちょっと上《あ》がったら、お父《とう》さんとお母《かあ》さんと一緒《いっしょ》にディナーを食《た》べにおいで」

友達《ともだち》も出来《でき》なくて最低《さいてい》だって思《おも》っていた僕《ぼく》に、スティーブンの『いい友達《ともだち》』って言葉《ことば》が明《あか》るく響《ひび》いた。

男《おと》四人《にん》でマグカップで乾杯《かんぱい》すると、外《そと》は少《すこ》し薄暗《うすぐら》くなっていた。

「今日《きょう》は私《わたし》が送《おく》っていくよ。私《わたし》もちょうどジェイソンを迎《むか》えに来《き》たところだからね」

「ありがとう、スティーブン。あ、でも、ルーシーがまだ帰《かえ》っていないんだ」

グランパはクリークの方《ほう》を見《み》ると、ちょっと上《うえ》をあおいで両肩《りょうかた》をすぼめてみせた。

やっぱり、遊《あそ》びに出《で》たら暗《くら》くなる前《まえ》に戻《もど》らなきゃいけない。

何日《なんにち》か同《おな》じような日《ひ》が過《す》ぎたあと、算数《さんすう》の時間《じかん》にミセス・ニコルソンが爆発《ばくはつ》した。

「キース、ベン、コピー！　ここにいらっしゃい」

彼《かれ》らは薄笑《うすわら》いを浮《う》かべながら先生《せんせい》のテーブルに近《ちか》づいた。

「プリントには絵《え》をかいたり、悪《わる》い言葉《ことば》を書《か》いたりしちゃいけないって言《い》ったでしょ。それに、答《こた》えもひとつも正解《せいかい》がない！　昼休《ひるやす》みにここに残《のこ》ってやり直《なお》しです」

三人《にん》は肩《かた》をすくめて、「イエス、ミセス・ニコルソン」と言《い》うと、席《せき》に戻《もど》った。

昼休《ひるやす》み、みんなが校庭《こうてい》に出《で》ていく時《とき》、僕《ぼく》は小《ちい》さな希望《きぼう》を持《も》って彼《かれ》らに声《こえ》をかけた。

「僕《ぼく》、一緒《いっしょ》に手伝《てつだ》ってあげようか？」

彼《かれ》らはお互《たが》いの顔《かお》を見合《みあ》わせてから僕《ぼく》を見《み》ると、こう言《い》った。

「お前《まえ》の助《たす》けなんていらないよ。ズルばっかしていい子《こ》になってるくせによ！」

「ズルって何《なん》だよ？」

こればっかりは聞《き》き捨《ず》てならなかった。そして、僕《ぼく》が大《おお》きく息《いき》を吸《す》った時《とき》、それを見《み》ていた女子達《じょしたち》が廊下《ろうか》にいた先生《せんせい》を呼《よ》んだ。

「ミセス・ニコルソン！　ジュンヤがみんなをバカにしてます！」

その声《こえ》はジャスミンだった。

「うそつくなよ！」僕《ぼく》が言《い》う前《まえ》にジェイソンが怒鳴《どな》った。

「お前《まえ》ら、いつも汚《きたな》いんだよ、やり方《かた》が！」

この一瞬《いっしゅん》の出来事《できごと》で、ジェイソンは完璧《かんぺき》に僕《ぼく》の不幸《ふこう》に巻《ま》き込《こ》まれた。

『生意気《なまいき》な新入《しんい》り』

『裏切《うらぎ》り者《もの》』

といった彼《かれ》の立《た》ち位置《いち》が決《き》まった。

「ごめんよ。僕《ぼく》が余計《よけい》なことしたから」

「ジュンヤが謝《あやま》ることじゃないよ。オレはああいうのが我慢出来《がまんでき》ない」

秘密基地《ひみつきち》で、グランパは袋《ふくろ》に入《はい》ったビスケットを缶《かん》に移《うつ》しながら僕《ぼく》らの話《はなし》を聞《き》いていた。

「もうすぐ春休《はるやす》みじゃな。この調子《ちょうし》だと三つはあっという間《ま》だ」

「ああ、グランパ。一日《にち》で三つは軽《かる》いぜ。なんて学校《がっこう》だよ」

ジェイソンはリンゴの箱《はこ》を軽《かる》く蹴《け》った。

「とっても普通《ふつう》の学校《がっこう》じゃな、わしの目《め》から見《み》れば」

春休《はるやす》みの一日目《にちめ》、隊長《たいちょう》は僕《ぼく》らに、イヤなことを三つ箇条書《かじょうが》きにしてみろって指令《しれい》を下《くだ》した。言葉《ことば》でいろいろ説明《せつめい》した方《ほう》がわかりやすいんじゃないかって提案《ていあん》したけど、それは却下《きゃっか》された。

「ぐだぐだしゃべらなきゃいけないってことはな、頭《あたま》の中《なか》がちっとも整理《せいり》されてないからじゃよ」だ、そうだ。

「オレ達《たち》、グランパにはめられたのかなあ。なんで、こんな所《ところ》で紙《かみ》と鉛筆《えんぴつ》持《も》って勉強《べんきょう》みたいなことさせられてんだよ」

「ワクワクの宝探《たからさが》しゲームなんて言《い》ってたよね？」

僕《ぼく》らは、キラキラ光《ひか》る春《はる》のファームを、少《すこ》しひんやりとする基地《きち》の中《なか》から見《み》ていた。柔《やわ》らかい草《くさ》の上《うえ》をのんびり歩《ある》く羊達《ひつじたち》。生《う》まれたばかりの子羊達《こひつじたち》のしっぽはまだ長《なが》く、みんな母親《ははおや》のあとをピョコピョコ歩《ある》いていた。

「かわいいね」

「ああ、でも、あれはペットじゃない。グランパがよ、子羊《こひつじ》は僕《ぼく》らの食《た》べ物《もの》になるって理解出来《りかいでき》なきゃ、ファーマーになっちゃいけないって。大学《だいがく》行《い》ってコンピュータいじれってさ」

僕《ぼく》は黙《だま》って鉛筆《えんぴつ》を削《けず》った。

「あー、イラつくぜ。三つを三行《ぎょう》でって、何《なん》の冗談《じょうだん》だよ」

「しょうがないよ。やるって言《い》っちゃったんだから。早《はや》くやってウォンバットを探《さが》しに行《い》こう」

「オレがイヤなことはなあ、オレが先《さき》に使《つか》ってたハサミとかを誰《だれ》かが断《ことわ》りもなく持《も》ってっちゃ

うってことだ。ムカつく。それをひと言《こと》で何《なん》て言《い》うかって、あー、イラつく」

「それは、失礼《しつれい》だから？　バカにされたって思《おも》うわけ？」

「それとはちょっと違《ちが》うなあ。バカにされてはいない」

「うん。じゃあ、せっかくキミが持《も》ってきたものを持《も》っていかれて損《そん》した感《かん》じ？」

「そうだな、損《そん》させられたってことか？」

「せっかく育《そだ》てた羊《ひつじ》をキツネに盗《と》られちゃった感《かん》じでしょ？」

「それだ！　ひとつ出来《でき》た。お前役《まえやく》に立《た》つぜ、ジュンヤ」

「僕《ぼく》にだってそういうことがあるからさ。一生懸命《いっしょうけんめい》やったプリント、ジャスミンとかナンダカンダ言《い》ってよくちらちら見《み》て写《うつ》してるもん」

「わかんねえよなあ、あいつら。見《み》せてって言《い》って、そのあと、ひと言《こと》『ありがとう』って言《い》えばいいだけのことだろ？」

「僕《ぼく》はダメって言《い》わないのに」


ガタンと音《おと》がした。グランパがランチに戻《もど》ってきた。

「『ありがとう』って言《い》わされるのは、プライドが傷《きず》つくってもんじゃ」

グランパはシェッドの簡易《かんい》キッチンで、どうやら僕《ぼく》らの分《ぶん》もパンとチーズをスライスしているようだった。僕《ぼく》は思《おも》い出《だ》して、お母《かあ》さんから持《も》たされたキッシュをグランパに持《も》っていった。

「これ、お母《かあ》さんから。マッシュルームとチキンのキッシュだって」

グランパはにっこり笑《わら》うとテーブルにそれらを並《なら》べた。

「なあ、ジュンヤ。初《はじ》めてこの学校《がっこう》に来《き》た日《ひ》、お前《まえ》、ジャスミンって出来《でき》ない子《こ》を助《たす》けようとしたのに、反対《はんたい》に攻撃《こうげき》されたって怒《おこ》っとったなあ」

「それに、全然《ぜんぜん》わかっていないくせに、僕《ぼく》の世話《せわ》を焼《や》こうとしたからさあ」

「そりゃあ、気分悪《きぶんわる》かったのう」

「うん」

「プライドが傷《きず》ついたってやつだ。で、どうした?」

「僕《ぼく》は大丈夫《だいじょうぶ》だってことを証明《しょうめい》して、先生《せんせい》にもほめられたしね。で、助《たす》けてあげようかって言《い》った」

「親切《しんせつ》じゃな。でも、出来《でき》るもんは実《じつ》は損《そん》させられるのが嫌《きら》いだったりする。対価《たいか》が欲《ほ》しい。感謝《かんしゃ》や尊敬《そんけい》、人気《にんき》、金《かね》。出来《でき》ないもんは必死《ひっし》でプライドを守《まも》る。そのために自分《じぶん》を傷《きず》つけるヤツのプライドを攻撃《こうげき》するんじゃな」

ジェイソンは、ルーシーに水《みず》をやりながら黙《だま》ってグランパの話《はなし》を聞《き》いていた。

僕《ぼく》は大好《だいす》きなキッシュがあまり食《た》べられなかった。

で、思《おも》った。

(今日《きょう》のイヤなことは、これだよな) と。

心《こころ》の中《なか》を言《い》い当《あ》てられるのは、誰《だれ》だって好《す》きじゃない。


『あっちに行《い》ってよ！　あたしはジュンヤと同《おな》じ五年生《ねんせい》よ！　あなたの助《たす》けなんているわけないでしょ？　こんなのすぐに出来《でき》るったら！』

『でも、めちゃくちゃじゃんか！　それに、言《い》っておくけど、僕《ぼく》はチャイニーズじゃなくてジャパニーズだよ』


あの時《とき》、僕《ぼく》のしたことは、実《じっ》は親切《しんせつ》なんかじゃなかったんだ。

僕《ぼく》はジャスミンの算数《さんすう》を助《たす》けることで、人気《にんき》っていうご褒美《ほうび》を期待《きたい》した。

僕《ぼく》は、彼女《かのじょ》のプライドを傷《きず》つけた。

僕《ぼく》は、彼女《かのじょ》の間違《まちが》いを正《ただ》すことで、彼女《かのじょ》を攻撃《こうげき》した。

腹《はら》ごなしに、クリークの方《ほう》にウォンバットを探《さが》しに行《い》こうと言《い》うジェイソンにくっ付《つ》いて草《くさ》むらに分け入《わい》った。そして、しばらく待《ま》ったけれど、ウォンバットは姿《すがた》を見《み》せなかった。

その日《ひ》、僕《ぼく》は少《すこ》し早《はや》く基地《きち》をあとにした。

グランパにあとひと押《お》しされたら、壊《こわ》れてしまうような気《き》がしたから。

ルーシーがうれしそうにあとを追《お》ってきたけれど、僕《ぼく》は、厳《きび》しく叱《しか》って追《お》い返《かえ》した。

それから、しばらく雨《あめ》の日《ひ》が続《つづ》いたから、僕《ぼく》はうちで日本のコミックを読《よ》んで過《す》ごしていた。ストーリーはあり得《え》ないようなことばかりだったけれど、悪《わる》いヤツがやっつけられるのはすっきりしたし、何《なに》よりも、僕《ぼく》を現実《げんじつ》から遠《とお》くに引《ひ》き離《はな》してくれることが夢《ゆめ》のようにありがたかった。

でもグランパのミッションのせいで、コミックにも没頭出来《ぼっとうでき》なかった。

悪役《あくやく》は本当《ほんとう》にメチャクチャに悪《わる》いのだろうか？

正義《せいぎ》の味方《みかた》のすることは全部正《ぜんぶただ》しいのだろうか？

僕《ぼく》の頭《あたま》の中《なか》は、疑問《ぎもん》だらけになっていた。

携帯《けいたい》のライトが点滅《てんめつ》していた。ジェイソンからだった。そういえば、僕《ぼく》らはそれまで電話《でんわ》で話《はな》したことがなかった。

「ハロー、ジュンヤ。早《はや》くグランパのシェッドに来《こ》いよ」

「雨《あめ》だよ」

「雨《あめ》なんて何《なん》でもないよ。アルパカが二頭届《とうとど》いたんだぜ！」

それを聞《き》くが早《はや》いか、僕《ぼく》はレインコートを被《かぶ》って走《はし》った。ヒヤッとする空気《くうき》には、雨《あめ》に濡《ぬ》れたユーカリの木《き》の葉《は》っぱからスーッとする香《かお》りがしみ出《だ》していた。

「お、穴《あな》から出《で》てきおったな。ジュンヤ」

グランパは笑《わら》いながらアルパカを紹介《しょうかい》してくれた。

「白《しろ》いのがオスのロッドで、茶色《ちゃいろ》いのがメスのキャロルだ。こいつらを羊《ひつじ》の囲《かこ》いに入《い》れておくと、子羊達《こひつじたち》をキツネから守《まも》ってくれるんじゃ」

「そうなんだ。アルパカが子羊《こひつじ》を襲《おそ》うことはないの？」

「なぜだか、それはないんじゃな。片《かた》や、ペルーから海《うみ》を渡《わた》ってきた動物《どうぶつ》なのにおかしなもんじゃ」

「相性《あいしょう》ってヤツ？」

「あはは、お前《まえ》は本当《ほんとう》に面白《おもしろ》い。そうじゃよ、きっと。お前《まえ》らみたいにな」

グランパは、僕《ぼく》らを柵《さく》の中《なか》に手招《てまね》きしてアルパカのしっぽを指差《ゆびさ》した。

「アルパカはな、元々《もともと》フレンドリーなペットになる気質《きしつ》は持《も》っておらんのじゃよ。でも、しっぽが時々《ときどき》ぺこっと動《うご》くじゃろ？　あれは、『ハロー』ってことらしい。獣医《じゅうい》が言《い》っとった」

「言葉《ことば》の代《か》わりになるものがあるってことか？」

ジェイソンがグランパに聞《き》いた。

「そうじゃな。一緒《いっしょ》に生《い》きていくにはコミュニケーションは必要《ひつよう》じゃからな」

「しっぽで出来《でき》たらいいね。僕《ぼく》はさあ、言葉《ことば》のコミュニケーションはとっても難《むずか》しいかもしれないって思《おも》うよ」

「どうしてそう思《おも》うんじゃ？」

「自分《じぶん》の気持《きも》ちを上手《じょうず》に説明《せつめい》するのは難《むずか》しい。誤解《ごかい》もいっぱいされる」

「そうじゃな。だから、わしらには動物《どうぶつ》よりもましな脳《のう》みそがあるってわけじゃ」

アルパカは、そこに子羊《こひつじ》なんかいないかのように悠然《ゆうぜん》と草《くさ》を食《た》べ続《つづ》けていた。

雨《あめ》の日《ひ》がひとしきり続《つづ》いて日《ひ》が射《さ》すと、雑草《ざっそう》が一気《いっき》に伸《の》びた。

僕《ぼく》とジェイソンは基地《きち》の周《まわ》りの芝刈《しばか》りを言《い》いつかり、交代《こうたい》で芝刈《しばか》り機《き》を押《お》した。お母《かあ》さんが見《み》ていたら、「危《あぶ》ない」って言《い》って悲鳴《ひめい》を上《あ》げそうだったけれど、グランパは自分《じぶん》が近《ちか》くにいる時《とき》は何《なん》でもやらせてくれた。

「お前《まえ》ら、しょっちゅう屋根《やね》の上《うえ》でつるんでるようじゃが、三行《ぎょう》の報告書《ほうこくしょ》は出来《でき》たんかい？」

出来《でき》たような出来《でき》ないようなな。でも、紙切《かみき》れをポケットの中《なか》に入《い》れておいてもしょうがないので、僕《ぼく》はグランパに見《み》せた。

ジェイソンもリンゴの箱《はこ》の上《うえ》に放《ほう》り出《だ》してあったノートを破《やぶ》って持《も》ってきた。

「なあんだ。お前《まえ》ら、出来《でき》とったのか。どれ……ジェイソンのは、と」

①損《そん》をさせられること（オレが先《さき》に持《も》ってきたハサミを横《よこ》から持《も》っていかれることとか）
②間違《まちが》っていないのに、バカにされること
③ランチボックスの中身《なかみ》をバカにされること

「ジュンヤのはどうじゃ？」

①いつまでもバースデーパーティーのことをいじられること
②勉強《べんきょう》が出来《でき》ることをズルしてるってバカにされること
③作《つく》り話《ばなし》で陥《おとし》いれられること
④（学校外《がっこうがい》のおまけ）僕《ぼく》に見《み》えない僕《ぼく》の本心《ほんしん》がグランパには見《み》えちゃうこと

「あっはっはあ。お前《まえ》らと遊《あそ》ぶのはそんじょそこいらの大人《おとな》とビール飲《の》んでバーベキュー囲《かこ》んどるより楽《たの》しいぞ」

「グランパの遊《あそ》びかよお」

ジェイソンが情《なさ》けない声《こえ》を出《だ》した。

「よし、ここに宝《たから》の隠《かく》し場所《ばしょ》を見《み》つけるヒントが集《あつ》まった。明日《あした》は日曜日《にちようび》だ。この秘密基地《ひみつきち》で作戦会議《さくせんかいぎ》じゃ。ジュンヤ、お母《かあ》さんにキッシュ頼《たの》んどけ。あれは旨《うま》い」

次《つぎ》の日《ひ》、僕《ぼく》らはリンゴの箱《はこ》にすわって干《ほ》し草《くさ》のブロックで作《つく》ったテーブルを囲《かこ》んだ。その上《うえ》にはいつものビスケットと、リンゴジュースのガラスの瓶《びん》がのっていた。ルーシーはその横《よこ》で自分《じぶん》の前足《まえあし》をなめていた。

「まずはジェイソンの回答《かいとう》①じゃ。『損《そん》』ねえ。ケチなもんじゃ」

「もう、何《なん》とでも言《い》えよ」

「お前《まえ》はすばしっこいからの。きっと誰《だれ》よりも速《はや》くハサミだの紙《かみ》だの取《と》ってくるんじゃろうなあ？」

「あったりまえさ」

ジェイソンは胸《むね》を張《は》った。

「で、お前《まえ》のあとに行《い》って空《から》のハサミの箱《はこ》を見《み》た子《こ》どもは、お前《まえ》に損《そん》させられたって思《おも》うわけじゃ」

「はあ？　ぐずぐずしてるのがいけないんだろ？」

「生《う》まれつき、お前《まえ》よりすばしっこくないのはいけないことか？」

「そうじゃないけど」

　グランパをやっつけるのは難《むずか》しい。


「はい、次《つぎ》、②。正《ただ》しいことをしているのにバカにされる、か？」

「そうさ！　ジュンヤのこと、ミセス・ニコルソンにうそ言《い》って陥《おとしい》れようとしたんだ、クラスの女子《じょし》。で、オレが違《ちが》うだろって言《い》ったら、そのあと、先生《せんせい》の犬《いぬ》だとか、うざいヤツだとかって言《い》いやがって。陰《かげ》でバカにしてんだよ。どうでもいいけどよ」

「どうでも良《よ》ければ怒《おこ》っていないさ」

　ジェイソンは、またグランパに一本取《いっぽんと》られた。

「分厚《ぶあつ》い氷《こおり》の下《した》に魚《さかな》がいる。それを釣《つ》ろうとして凍《こお》った川《かわ》の真《ま》ん中《なか》に準備《じゅんび》もなく走《はし》っていったらどうなる？」

「話《はなし》、イッキに飛《と》ばすなよ！」

「いいから答《こた》えてみろ」

「滑《すべ》って転《ころ》ぶか、氷《こおり》が割《わ》れて川《かわ》に落《お》ちる。魚《さかな》は釣《つ》れない」

「さすが、わしの孫《まご》じゃ。頭《あたま》がいい」

ジェイソンは胸《むね》を張《は》らずに警戒《けいかい》気味《ぎみ》だった。

「氷《こおり》の下《した》の魚《さかな》は彼女《かのじょ》らの気持《きも》ちじゃ。その釣《つ》り方《かた》をお前《まえ》は考《かんが》えなかった。何《なん》で彼女《かのじょ》らがジュンヤにそんな意地悪《いじわる》をしたのか、お前《まえ》、ちゃんとわかっとったのか？」

「ちゃんとって、さあ」

「ちゃんとわかってなければ、お前《まえ》の言葉《ことば》は彼女《かのじょ》らの心《こころ》には届《とど》かん。氷《こおり》の下《した》にいる魚《さかな》を捕《と》る時《とき》は、慎重《しんちょう》に場所《ばしょ》を確《たし》かめ、慎重《しんちょう》に氷《こおり》に穴《あな》を開《あ》けていかんとな」

「はあ？　オレ、そんな難《むずか》しいことわかんないよ。まだ子《こ》どもなんだぜ」

「都合《つごう》のいい時《とき》だけお子様《こさま》か？　まあ、いいわい。前《まえ》にも言《い》ったがな、この宝探《たからさが》しは子《こ》どものためだけじゃない。大人《おとな》になった時《とき》にも、見《み》つけた宝《たから》は役《やく》に立《た》つ」

「まとめると、ジェイソンは滑《すべ》って転《ころ》んだのがいや

だったってこと？」

グランパはミルクコーヒーにむせった。

「ジュンヤ、わしはお前《まえ》も本当《ほんとう》の孫《まご》のような気《き》がするよ」

グランパは、ルーシーがいたずらしている雑巾《ぞうきん》をバケツの中《なか》に投《な》げ入《い》れると、いつものウィンクをくしゃっと見《み》せた。

「③は何《なん》だっけ？　ランチやおやつをバカにされとるのか？」

これには、グランパもちょっと肩《かた》を落《お》としたように見《み》えた。

「スティーブンは料理《りょうり》がおおざっぱじゃから、パンにチーズやハムだけ挟《はさ》んで、三角《さんかく》に切《き》らんでそのままラップにくるむんじゃろ？」

「そんなのいい方《ほう》さ。ランチ持《も》たないで学校《がっこう》に行《い》ったこともあるさ。まあ、いいんだけどな。ダッドに急《きゅう》な仕事《しごと》が入《はい》った時《とき》は、オレが自分《じぶん》で作《つく》んなきゃいけないんだ」

僕《ぼく》も、そんなことは知《し》らなかった。でも、ジェイソンのランチボックスは、いつもちょっとさびしい。

「フルーツもカットせずに丸《まる》ごとポン！　手作《てづく》りケーキもなしじゃな」

「そんなのも、当《あ》たっているけど、どうでもいい！　オレは女《おんな》じゃないからな」

「でも、マムが作《つく》るのと違《ちが》うって思《おも》うんじゃな」

ジェイソンは、何《なに》も言《い》わなかった。

「母親《ははおや》がいない現実《げんじつ》を、つきつけられるような気《き》がするか？」

ルーシーがバケツから雑巾《ぞうきん》を奪回《だっかい》してきた。

「そろそろ、走《はし》り回《まわ》る時間《じかん》のようじゃな。お前《まえ》らルーシーの宝探《たからさが》しに付《つ》き合《あ》ってやれ。こいつの一番大事《いちばんだいじ》な遊《あそ》びじゃ。あっはっは」

僕《ぼく》らはルーシーを追《お》いかけながらクリークに向《む》かった。

「なあ、ジュンヤ、氷《こおり》の上《うえ》で滑《すべ》って転《ころ》ぶ話《はなし》、あれ何《なん》だ？」

「うーん。ジャスミン達《たち》が僕《ぼく》に意地悪《いじわる》を言《い》った本当《ほんとう》の理由《りゆう》は、すごく深《ふか》い所《ところ》にあるってことかな？　で、それの表面《ひょうめん》だけ見《み》て何《なに》か言《い》うと失敗《しっぱい》するってこと？」

「お前《まえ》、勉強《べんきょう》だけ出来《でき》るわけじゃないんだな。頭《あたま》いいぜ」

「ありがと。でも、その深《ふか》い所《ところ》にある理由《りゆう》ってそう簡単《かんたん》にはわかんないよね。説明《せつめい》してくれないと」

「ああ、ダッドもよく言《い》ってるぜ。女《おんな》の人《ひと》がすぐに泣《な》くのはわからんって」

「あははは」

僕《ぼく》らは草《くさ》の上《うえ》に寝転《ねころ》んで笑《わら》った。

しょぼくれた心《こころ》にも、風《かぜ》が通《とお》っていくようだった。

僕《ぼく》は帰《かえ》ってから、宝探《たからさが》しの様子《ようす》をお父《とう》さんとお母《かあ》さんに話《はな》した。

「だからさあ、どうしてグランパが宝探《たからさが》しって言《い》うのかがイマイチわかんないんだよね」

お父《とう》さんは食後《しょくご》のお茶《ちゃ》を飲《の》みながら、いつになく熱心《ねっしん》に僕《ぼく》の話《はなし》を聞《き》いていた。

お母《かあ》さんは洗《あら》い物《もの》をしながらだったけれど、時々《ときどき》手《て》を止《と》めては僕《ぼく》に質問《しつもん》してきた。

「淳也《じゅんや》、あなたの探《さが》している宝物《たからもの》は何《なん》なのかしら？」

「宝《たから》っていってもさあ、実《じつ》は僕《ぼく》が人《ひと》にされてイヤなことなんだから」

「で、あなたの三つは何《なん》なの？」

僕《ぼく》は紙《かみ》を見《み》せようかとポケットに手《て》をつっ込《こ》んだけれど、誕生日《たんじょうび》の一件《いっけん》が記《しる》されていることを思《おも》い出《だ》して、そのままつっ立《た》っていた。

二人《ふたり》は顔《かお》を見合《みあ》わせると、僕《ぼく》を見《み》つめた。

「学校《がっこう》、うまくいっていないの？」

お母《かあ》さんの質問《しつもん》に「うん」と言《い》ってしまいそうだったけど、それを言《い》ってしまったら、秘密《ひみつ》基地《きち》の隊員失格《たいいんしっかく》のような気《き》がして黙《だま》った。

だって、そんなことは普通《ふつう》でどこにでもあることだってグランパが言《い》っていたから。

「大変《たいへん》なのは、ゴミの山《やま》からお宝《たから》を見《み》つけることなんだ。でも、そのお宝《たから》が何《なん》だかわからないのに、グランパ、じゃなかった、隊長《たいちょう》の指令《しれい》だけで謎解《なぞと》きみたいなことをやってるんだよ。だからね、ジェイソンといっぱいしゃべるんだ。わからないことだらけだから」

「そうか、いっぱいしゃべるのかあ。お前《まえ》は、もしかしたら、もう半分《はんぶん》そのお宝《たから》とやらを手《て》に入《い》れているのかもな」

「何《なん》だよ。お父《とう》さんまでわかんないこと言《い》う」

僕《ぼく》らはまたリンゴの箱《はこ》の上《うえ》にすわっていた。

「今日《きょう》はジュンヤのお宝会議《たからかいぎ》じゃ」

「うん、もう何《なん》でも言《い》っていいよ」

「その腹《はら》のくくり方《かた》はいいぞ。よし、イヤなことの回答《かいとう》①だ。例《れい》の魚《さかな》のバーベキューの話《はなし》じゃな」

「そうだよ。臭《くさ》いって大騒《おおさわ》ぎだったんだ」

「確《たし》かに魚《さかな》も臭《くさ》いが、羊《ひつじ》も牛《うし》もみんな臭《くさ》い。それにな、オーストラリア人《じん》だって魚《さかな》のバーベキューはするし、特別臭《とくべつくさ》く感《かん》じるとは思《おも》えんがな」

「でも、あの日《ひ》は大騒《おおさわ》ぎだった」

「確《たし》かに、慣《な》れた匂《にお》いじゃない。じゃがなあ」

「お、隊長《たいちょう》、今回《こんかい》は地図《ちず》が読《よ》めないのかよ?」

ジェイソンがつっ込《こ》んだ。

「そうじゃない。わしらが見《み》ている地点《ちてん》より遠《とお》い所《ところ》にお宝《たから》がありそうだってな」

「遠《とお》い所《ところ》?」

「ああ。このバースデーパーティーの前《まえ》に、クラスで誰《だれ》かと衝突《しょうとつ》したことなんかがなかったか?」

「それなら、前《まえ》にも話《はな》した。ジャスミンがちょっと感情的《かんじょうてき》になったことがあるって言《い》ったでしょ? でも、今《いま》は、僕《ぼく》が悪《わる》かったたってわかってる」

・僕《ぼく》はジャスミンの算数《さんすう》を助《たす》けることで、人気《にんき》っていう代償《だいしょう》を期待《きたい》した。
・僕《ぼく》は、彼女《かのじょ》のプライドを傷《きず》つけた。
・僕《ぼく》は、彼女《かのじょ》の間違《まちが》いを正《ただ》すことで、彼女《かのじょ》を攻撃《こうげき》した。

「それじゃな。だからそのお返《かえ》しにバースデーパーティーでお前《まえ》が欲《ほ》しかった人気《にんき》は剥奪《はくだつ》され、プライドも攻撃《こうげき》された。子《こ》どもだってなかなかどうして立派《りっぱ》に戦争《せんそう》してみせるのお」

「でも、臭《くさ》いって言《い》い出《だ》したのはコビーだよ」

「言《い》ったじゃろ？　みんな何《なに》かが心配《しんぱい》で右往左往《うおうさおう》していて、何《なに》かのきっかけで群《む》れるのを待《ま》っている」

「じゃあ、コビーはその一瞬《いっしゅん》を利用《りよう》したってこと？　ヤツ、そんなに賢《かしこ》くないぜ」

ジェイソンが口《くち》を挟《はさ》んだ。

「頭《あたま》でやってるんじゃないよ。人間《にんげん》の本能《ほんのう》っていうかな、悲《かな》しい部分《ぶぶん》じゃよ。子《こ》どもも大人《おとな》もない。頭《あたま》のいいヤツほど始末《しまつ》におえんがな」

「宝探《たからさが》しはやっぱり謎解《なぞと》きだね」

「そうじゃ、ジュンヤ。謎《なぞ》の中《なか》に宝《たから》が光《ひか》る」

「じゃあ、もし僕《ぼく》とジャスミンのあの会話《かいわ》がなかったら、こんなことにはなっていないってわけ？」

「ジュンヤ、人生《じんせい》にはな、『もし』なんてことはない」

「でも、オレも時々《ときどき》、もしマムがまだ生《い》きていたらって考《かんが》えることがあるよ」

「考《かんが》えるのは悪《わる》くない。でも、そんな現実《げんじつ》はない。わかるか？」

「ああ」

「えらいぞ」

グランパはジェイソンの肩《かた》をきつく抱《だ》いた。

「じゃあ、②の解読《かいどく》にいってみるか？」

「いくのはいいけどさあ、①のお宝《たから》はどこ？」

「まあ、慌《あわ》てなさんな。もうそこじゃ。なになに、勉強《べんきょう》が出来《でき》ることをズルしてるってバカにされることか？　悲《かな》しいガキどもが集《あつ》まったもんじゃ」

「ああ。うちのクラス、５／６Ａ組《ぐみ》よりバカが多《おお》いぜ」

ジェイソンは腕《うで》を組《く》んで、したり顔《がお》で言《い》った。

「バカと悲《かな》しいはちょっと違《ちが》うぞ。それに、出来《でき》るもんがいつも賞賛《しょうさん》されるとは限《かぎ》らないんじゃ」

「でもさあ、フットボールの選手《せんしゅ》とか、ファンがいっぱいいてすっごい賞賛《しょうさん》されてるじゃないか」

ジェイソン、結構《けっこう》いい所《ところ》をついた。

「それはな、彼《かれ》らはあこがれで競争相手《きょうそうあいて》じゃないからな。それに、彼《かれ》らがうまくボールを蹴《け》ったところで、ファンは自分《じぶん》はあんなにうまく出来《でき》ないってへこまんじゃろ。あこがれの選手《せんしゅ》は自分《じぶん》の夢《ゆめ》を叶《かな》える分身《ぶんしん》なんじゃ」

でも、やっぱり、グランパには歯《は》が立《た》たなかった。

「うん。ジュンヤには悪《わる》いけど、オレ、それちょっとわかる。お前《まえ》さあ、算数《さんすう》の問題《もんだい》とか、すっごく簡単《かんたん》にやっちまうだろ。オレ、自分《じぶん》が惨《みじ》めになる時《とき》あるぜ。もちろん、それはお前《まえ》が悪《わる》いんじゃない。勉強《べんきょう》しないオレが悪《わる》いんだけどな」

僕《ぼく》は、「だってみんなの何倍《なんばい》も努力《どりょく》しているんだ」って言《い》いたかった。

「出来《でき》ることはみんなに認《みと》めてほしいもんじゃよ」

「うん」

「でもな、お前《まえ》が出来《でき》ることを認《みと》めることは、自分《じぶん》が出来《でき》ないことを認《みと》めることでもあるんじゃ」

「そうなんだ」

「だから、お前《まえ》がすごい所《ところ》を得意《とくい》げに見《み》せるっていうのは、どんなもんかの？」

「おっ、これはすごいカラクリだ、グランパ。オレ、わかったよ。みんなにお前《まえ》はバカだって無理矢理《むりやり》認《みと》めさせてる攻撃《こうげき》だあ」

ジェイソンは謎解《なぞと》きがうまくいってうれしそうだったけれど、僕《ぼく》はうなだれた。得意《とくい》げに問題《もんだい》を解《と》き、終《お》わったプリントを持《も》って席《せき》を立《た》つ自分《じぶん》の姿《すがた》が、映画《えいが》の一場面《いちばめん》のようによみがえった。

「僕《ぼく》さあ、自分《じぶん》のことが大嫌《だいきら》いになりそうだよ」

「ははは、わしは大好《だいす》きじゃよ。素直《すなお》でいい子《こ》だ」

「いい子《こ》……か」

「じゃあ、③」

「待《ま》ってよ、グランパ。僕《ぼく》、まだ立《た》ち直《なお》っていないよ」

「気《き》にせんでもいいわい。③は作《つく》り話《ばなし》で陥《おとしい》れられるか。もうわかっとるな」

「ああ、攻撃《こうげき》だ。ジュンヤの武器《ぶき》をぶっ壊《こわ》すための攻撃《こうげき》だよ」

「おお、ジェイソン。お前《まえ》は体育《たいいく》のみに生《い》きる男《おとこ》かと思《おも》っておったが、いやはや、どうして、賢《かしこ》いじゃないか」

「学校《がっこう》って、怖《こわ》い所《ところ》だね」

「怖《こわ》くはない。ただ、人間社会《にんげんしゃかい》は難《むずか》しいってだけの話《はなし》じゃ」

「動物《どうぶつ》だったら良《よ》かったかなあ」

「動物《どうぶつ》だったら面倒《めんどう》くさいことはない。生《い》きるか死《し》ぬかだけじゃ」

「それもイヤだぜ」

ジェイソンが唇《くちびる》をつき出《だ》した。

「④はジェイソンだってそう思《おも》っとるな？　自分《じぶん》の本心《ほんしん》と向《む》き合《あ》うのはわしも苦手《にがて》じゃ。自分《じぶん》の中《なか》の自分《じぶん》と、言《い》い訳《わけ》せず向《む》き合《あ》うってことはな、勇気《ゆうき》がいる。出来《でき》れば知《し》りたくないことだってあるさ。隠《かく》しておきたいことだってある。それを誰《だれ》かに引《ひ》っ張《ぱ》り出《だ》されるのはたまらんよな。それにな、わしらは神様《かみさま》じゃないから、どんなに頑張《がんば》ったってわからないことも多《おお》い。傷《きず》つく、悩《なや》む、疲《つか》れる」

「だから大人《おとな》はビールを飲《の》むの？」

グランパは、大声《おおごえ》で笑《わら》いながら僕《ぼく》の背中《せなか》をバンバンたたいた。

「だから、仲間《なかま》とたくさん話《はな》し合《あ》うことが大事《だいじ》なんじゃ。自分《じぶん》の言葉《ことば》でな」

七　「宝探《たからさが》し2」は怖《こわ》いこと

僕《ぼく》は、お母《かあ》さんの焼《や》いてくれたキャロットケーキの匂《にお》いに釣《つ》られてキッチンに行《い》った。

「おはよう。淳也《じゅんや》、こんなに寝坊《ねぼう》していると学校《がっこう》が始《はじ》まってから辛《つら》いわよ」

「大丈夫《だいじょうぶ》だよ。ね、それ食《た》べていいの？」

「今《いま》じゃないわよ。あとでグランパの所《ところ》に持《も》っていきなさい」

お母《かあ》さんは、この頃《ごろ》、よくケーキやキッシュを持《も》たせてくれる。

未《いま》だに料理《りょうり》の腕《うで》が上《あ》がらないスティーブンや最初《さいしょ》から料理《りょうり》を放棄《ほうき》しているグランパ、それにマムの味《あじ》が恋《こい》しいに決《き》まっているジェイソンもみんな喜《よろこ》んでくれた。


「今日《きょう》から宝探《たからさが》し第《だい》二弾《だん》じゃ」

隊長《たいちょう》がキャロットケーキを切《き》り分《わ》けながら厳《おごそ》かに言《い》った。

「え？　続《つづ》きがあるわけ？」

「人生《じんせい》は長《なが》い。慌《あわ》てなさんな」

「今度《こんど》はどこの穴《あな》を掘《ほ》ってくるんだよ？」

ジェイソンがケーキにクリームをたっぷりなすり付《つ》けながら聞《き》いた。

「今度《こんど》はな、今《いま》お前《まえ》らの人生《じんせい》で『怖《こわ》いこと』を探《さが》してこい。まだ学校《がっこう》が始《はじ》まっとらんから、報《ほう》告会議《こくかいぎ》は来学期《らいがっき》に入《はい》ってからじゃ」

「結構余裕《けっこうよゆう》あるじゃん。楽勝《らくしょう》だよ」

ジェイソンはまたお皿《さら》の上《うえ》のケーキに手《て》を伸《の》ばした。

「ひとり、ひとつ、一行《ぎょう》じゃ」

「了解《りょうかい》!」

僕《ぼく》らはクリームの付《つ》いた指《ゆび》をなめながら、ルーシーを連《つ》れてクリークに向《む》かった。


休《やす》みも半《なか》ばを過《す》ぎた。

春《はる》のスクールホリデーに、僕《ぼく》は遠《とお》くに連《つ》れていってもらったことはなかった。

たっぷりと雨《あめ》を吸《す》った大地《だいち》に春《はる》の陽《ひ》が降《ふ》り注《そそ》ぎ始《はじ》めると、お父《とう》さんのファームががぜん忙《いそが》しくなるからだ。

でも、町《まち》ではスプリングショーが行《おこな》われるから、僕《ぼく》はそれを結構楽《けっこうたの》しみにしていた。

ショーの会場《かいじょう》では羊《ひつじ》の毛《け》の品評会《ひんぴょうかい》や、牛《うし》や馬《うま》の品評会《ひんぴょうかい》が幕《まく》を開《あ》け、アクーブラハット*をかぶった男《おとこ》の人達《ひとたち》が一喜一憂《いっきいちゆう》した。


*アクーブラハット…オーストラリアの帽子。カウボーイたちが好んでかぶる。

大《おお》きなテントの下《した》では、手作《てづく》りのジャムやケーキ、パンなどのコンテストが催《もよお》された。

お母《かあ》さんもキャロットケーキと杏《あんず》ジャムを出品《しゅっぴん》した。もうすっかりこの町《まち》のおばさんだ。

僕《ぼく》とジェイソンは、遊園地《ゆうえんち》のような乗《の》り物《もの》がフットボール場《じょう》に来《く》ることや、いろいろなストアーでおこづかいを使《つか》うことを楽《たの》しみにしていた。

僕《ぼく》らはお母《かあ》さんに連《つ》れられて、会場《かいじょう》のゲートをくぐった。

「スゲーな。メルボルンにあるルナパークみたいだな」

ジェイソンは大興奮《だいこうふん》だった。

「いいなあ、ルナパークに行《い》ったことあるの?」

「まだない。でも、でっかい遊園地《ゆうえんち》だって聞《き》いたぜ。六年《ねん》になると卒業前《そつぎょうまえ》にみんなで行《い》くんだってよ」

「卒業記念遠足《そつぎょうきねんえんそく》かあ」

それを楽《たの》しみに出来《でき》たらどんなにいいだろう。

ケーキ会場《かいじょう》に向《む》かうお母《かあ》さんと別《わか》れたあと、僕《ぼく》らは乗《の》り物《もの》やゲームに一〇ドルずつ使《つか》うと、ストアーの方《ほう》に足《あし》を向《む》けた。ストアーはクイーンズランド州《しゅう》でトビー達《たち》とよく行《い》ったマーケットに似《に》ていた。

クラスメイトにも何人《なんにん》か会《あ》ったけれど、みんな家族《かぞく》の人《ひと》と一緒《いっしょ》で、普通《ふつう》に声《こえ》をかけ合《あ》った。

学校《がっこう》での出来事《できごと》がただの思《おも》い過《す》ごしのような気《き》さえした。

「こっち来《こ》いよ！　ジュンヤ。きれいだなあ。熱帯魚《ねったいぎょ》だよ。クイーンズランドにはいっぱいいるんだろ？」

「うん。スキンダイビングをしながらいっぱい見《み》たことあるよ」

ジェイソンは夢中《むちゅう》になって水槽《すいそう》にかじり付《つ》いていた。

その時《とき》だ。

「おばさん、こいつ、ジャパニーズだから熱帯魚《ねったいぎょ》も食《た》べるんだぜ！」

コビーとキースとガスがそこにいた。

はあ？　不運《ふうん》を確信《かくしん》する前《まえ》に、一瞬《いっしゅん》キョトンとしてしまった僕《ぼく》に、熱帯魚屋《ねったいぎょや》のおばさんはあっけらかんと聞《き》いた。

「へえ、おいしいのかい？」

コビー達《たち》ははじけたように笑《わら》い転《ころ》げ、その場《ば》を去《さ》っていった。

（僕《ぼく》はみんなと友達《ともだち》になりたいのに。

それなのに、みんなは、どうしてこんなに嫌《いや》がらせを引《ひ》っ張《ぱ》るのだろう）

グランパの魔法《まほう》の宝《たから》は、まだ僕《ぼく》の目《め》には見《み》えなかった。

携帯《けいたい》にお母《かあ》さんからの着信《ちゃくしん》があった。

『ケーキ、二位《い》に入賞《にゅうしょう》。ジャムはまた今度《こんど》ね。こっちにいらっしゃい』

ジェイソンは僕《ぼく》に携帯《けいたい》の日本語《ご》のメッセージを英語《えいご》に訳《やく》させると、「すげえな、マリ！」と声《こえ》を上《あ》げた。さっきの騒《さわ》ぎなんてなかったように、僕《ぼく》らはケーキ会場《かいじょう》に走《はし》った。

その晩《ばん》は、お父《とう》さんとお母《かあ》さんがグランパとスティーブンとジェイソンをディナーに招《まね》いた。もちろんルーシーもやってきた。

テーブルの上《うえ》には、ミートソースとホワイトソースをたっぷり挟《はさ》んでチーズで焦《こ》げ目《め》を付《つ》けたラザニアとサラダ、それにショーで買《か》ってきたパンが並《なら》んだ。デザートは真《ま》っ白《しろ》く焼《や》き上《あ》げたメレンゲの上《うえ》にクリームとイチゴをいっぱいのせたパブロバだった。

パブロバは、お父《とう》さんの大好物《だいこうぶつ》だ。でも、残念《ざんねん》ながら、スイーツ天国《てんごく》の日本でも、このお菓《か》子《し》はあまり知《し》られていないらしい。

お父《とう》さんとスティーブンとグランパはお互《たが》いの仕事《しごと》の話《はなし》をして意気投合《いきとうごう》していた。グランパはファーム仕事《しごと》の極意《ごくい》を披露《ひろう》し、僕《ぼく》が聞《き》いたことのない、亡《な》くなった奥《おく》さんの話《はなし》もした。お母《かあ》さんが何気《なにげ》なく聞《き》いたからだ。

「ばあさんが亡《な》くなったのは、五年前《ねんまえ》。乳《にゅう》ガンだったんだ。こんな町《まち》にも三年《ねん》に一回《かい》は乳《にゅう》ガン検査《けんさ》の移動《いどう》クリニックがやってくるんじゃがの、ばあさんは忙《いそが》しい忙《いそが》しいって、行《い》ったことがなかったんじゃよ。わしも、まさかばあさんに限《かぎ》ってって、高《たか》をくっとった。忙《いそが》しいって、なに、このファームの季節労働者《きせつろうどうしゃ》の飯《めし》を作《つく》ったり、洗濯《せんたく》したり、掃除《そうじ》したりってな、命《いのち》より大《だい》事《じ》なことなんて何《なに》もなかったよ」

「ああ、ジェイソン。大切《たいせつ》な人《ひと》をガンで亡《な》くす人《ひと》は多《おお》い」

「グランマ*もガンだったんだ」

「うん。わかってる」

「見《み》つかった時《とき》はもう手遅《ておく》れで、ばあさんは年《とし》も年《とし》だったし、小《ちい》さい子《こ》どももいなかったから、抗《こう》ガン剤《ざい》とかのきつい治療《ちりょう》もいやがってな。わしも無理強《むりじ》いは出来《でき》んかったよ」

「ああ、ごめんなさい。踏《ふ》み込《こ》んだことを気軽《きがる》に聞《き》いてしまって」

お母《かあ》さんは消《き》え入《い》りそうな声《こえ》で謝《あやま》った。

「いや、いいんだ、いいんだ。聞《き》いてくれてありがたかったよ。辛《つら》いことは声《こえ》に出《だ》して話《はな》した方《ほう》がいい。あんたらのような人達《ひとたち》に聞《き》いてもらった方《ほう》がいい。聞《き》いてくれてありがとうな」

「そう言《い》っていただけると……」

「亡《な》くなる少《すこ》し前《まえ》にな、ばあさん、気分《きぶん》がいいからってキッチンに立《た》っておったんじゃ。何《なに》をしているのかと思《おも》ったら、わしの好物《こうぶつ》だったビスケットを山《やま》のように焼《や》いておった。自分《じぶん》が亡《な》

＊グランマ…祖母のくだけた呼び方。おばあちゃん。

くなったあとのわしのおやつなんか気《き》にしおって」

僕《ぼく》はグランパの悲《かな》しそうな顔《かお》を初《はじ》めて見《み》た。

グランパは、毎日《まいにち》ファミリーパックのビスケットをどんな気持《きも》ちで食《た》べているのだろう。


『わからんよ。わからんで食《た》べとる』


学年末《がくねんまつ》の四学期《がっき》が始《はじ》まると、僕《ぼく》のあだ名《な》は『フィッシュ』になっていた。

僕《ぼく》に向《む》かってとか、先生達《せんせいたち》の前《まえ》でこのあだ名《な》が使《つか》われることはなかったけれど、クラスメイト達《たち》は僕《ぼく》のことを話《はな》す時《とき》はこのあだ名《な》を使《つか》っていた。

「こんなこと、いつまで続《つづ》くんだよ。うんざりだ」

僕《ぼく》は最初《さいしょ》の週《しゅう》の日曜日《にちようび》、基地《きち》でリンゴの箱《はこ》に八《や》つ当《あ》たりをした。

「オレ達《たち》、完全《かんぜん》にはじかれてるぜ。グランパ、宝探《たからさが》し、効果《こうか》ないよ」

「まだ宝《たから》は手《て》にしておらんのだから、効果《こうか》があるわけないじゃろ」

「はあ……カルグーリーの学校《がっこう》がなつかしいよ」

「僕《ぼく》も、クイーンズランド州《しゅう》にいたらなって思《おも》う」

「いつかはぶつかる問題《もんだい》だ。早《はや》いうちに宝《たから》を持《も》っとった方《ほう》がいい」

「ふうん」

「で、怖《こわ》いこと、わかったか?」

「オレ、わかったぜ」

「ほう、ジェイソン。何《なん》じゃな?」

「うん。グランパがグランマのこと話《はな》していた時《とき》にわかった。マムが死《し》んじゃったことが怖《こわ》い。マムがいないことが怖《こわ》い。だから、マムのことを聞《き》かれたりしないようにって、ビクビクしてる」

「一行《ぎょう》じゃ」

「厳《きび》しいなあ」

グランパの出《だ》した紙《かみ》にジェイソンは鉛筆《えんぴつ》で書《か》きなぐった。

『loneliness《ロンリネス》(さびしいこと)』

僕《ぼく》がお母《かあ》さんと話《はな》す姿《すがた》を見《み》ながら、ジェイソンは何《なに》かを乗《の》り越《こ》えようとしているのかな。

ジェイソンは転校《てんこう》してきた時《とき》、みんなの前《まえ》で堂々《どうどう》とお母《かあ》さんはいないと言《い》った。

でも、どうしていないのかは、学校《がっこう》ではずっと言《い》わなかった。ううん、そうじゃない。言《い》えなかったんだよね。

「お前《まえ》は？　ジュンヤ」

「みんなにいじられている自分《じぶん》を見《み》るのが怖《こわ》いんだ。僕《ぼく》、情《なさ》けないダサい弱虫《よわむし》なんだ。心臓《しんぞう》がドキドキして、顔《かお》が熱《あつ》くなる」

「長過《ながす》ぎるぜ、ジュンヤ」

ジェイソンが紙《かみ》と鉛筆《えんぴつ》をよこした。

「何《なん》だよ、グランパのまねして」

「一行《ぎょう》」

ジェイソンはニッと笑《わら》った。

僕《ぼく》は考《かんが》えた。考《かんが》えて鉛筆《えんぴつ》を握《にぎ》った。

『僕《ぼく》が僕《ぼく》でなくなること』

「ほほう、お前《まえ》らなかなか哲学者《てつがくしゃ》じゃ」

「ねえ、グランパが怖《こわ》いことって何《なに》？」と、僕《ぼく》は聞《き》いてみた。

グランパはじっと考《かんが》えた。

「わしか？　ずっと、病気《びょうき》をすることが怖《こわ》かった。ひとり暮《ぐ》らしなんでな。でも、お前《まえ》らと遊《あそ》び始《はじ》めてわかったことがあるよ。ビスケットじゃ」

「ビスケットが怖《こわ》いって、幼稚園《ようちえん》の絵本《えほん》じゃないんだぜ、グランパ」

「幼稚園《ようちえん》の絵本《えほん》は良《よ》かったな」

　グランパはうれしそうに笑《わら》った。

「あのビスケットな、ばあさん、レシピを書《か》いて残《のこ》しとった。でもな、わしは作《つく》らなかった。あの味《あじ》が口《くち》に広《ひろ》がったら、五年前《ねんまえ》の悲《かな》しみの中《なか》に引《ひ》きずり込《こ》まれてしまいそうじゃったから」

「一行《ぎょう》で！」

　僕《ぼく》も厳《きび》しかった。

「ははは、『過去《かこ》の悲《かな》しみに襲《おそ》われること』じゃ。わしもなかなか詩人《しじん》じゃな」

　悲《かな》しみも恐怖《きょうふ》なんだ。

「それでじゃ、お前《まえ》ら、ここから本題《ほんだい》に入《はい》るぞ」

　僕《ぼく》らは姿勢《しせい》を正《ただ》した。

「わしらはこの秘密基地《ひみつきち》で宝探《たからさが》しの道具《どうぐ》や地図《ちず》を手《て》にした。これらを持《も》ってイヤなことや怖《こわ》いことを突破《とっぱ》するんだ。そこには確《たし》かにお宝《たから》が埋《う》まってる」

「グランパ、このゲーム、先《さき》が見《み》えなくてイラつくぜ」

「すぐに答《こた》えのわかるゲームはつまらんもんじゃ」

八　突破《とっぱ》する力《ちから》

「誰《だれ》が最初《さいしょ》に突破《とっぱ》するの？」

「老《お》い先短《さきみじか》いわしからじゃ。お前《まえ》ら、わしの『ビスケットの恐怖脱出《きょうふだっしゅつ》』を手伝《てつだ》え」

「いいけど、何《なに》を手伝《てつだ》うんだよ」

「今度《こんど》はお前《まえ》らが方法《ほうほう》を考《かんが》えてわしに教《おし》えてくれんかの？」

グランパは両手《りょうて》を頭《あたま》のうしろに組《く》んで、ごついブーツを履《は》いた足《あし》をテーブル代《が》わりの干《ほ》し草《くさ》のブロックに乗《の》っけた。

「ねえ、そのビスケットのレシピ見《み》せてくれない？」

僕《ぼく》は反射的《はんしゃてき》に思《おも》い付《つ》きを口《くち》にした。

グランパが僕《ぼく》ら家族《かぞく》とジェイソンとスティーブンと一緒《いっしょ》においしそうに『ばあさんのビスケット』を食《た》べる姿《すがた》が思《おも》い浮《う》かんだから。

「お前《まえ》、探検小僧《たんけんこぞう》から策士《さくし》になりおったか？」

グランパはキッチンの戸棚《とだな》の中《なか》から古《ふる》い料理《りょうり》の本《ほん》を取《と》り出《だ》すと、その本《ほん》の中《なか》から一枚《まい》の便《びん》せんを取《と》り出《だ》した。「ばあさんの書《か》いた文字《もじ》なんじゃ」

僕《ぼく》はそれをもう一度本《いちどほん》の間《あいだ》に戻《もど》すと、その本《ほん》ごと抱《かか》えてうちに走《はし》った。

ジェイソンもルーシーも走《はし》っていた。

「オーイ。待《ま》てよ。ジュンヤー、どこ行《い》くんだよお」

「今日《きょう》はお母《かあ》さんがいるから、お父《とう》さんのオフィスに連《つ》れていってもらうんだ」

「何《なに》しに？」

「レシピのコピーを取《と》ってもらうんだ」

僕《ぼく》は走《はし》る速度《そくど》を落《お》としてジェイソンに説明《せつめい》した。

「汚《よご》しちゃうと悪《わる》いだろ？　大事《だいじ》な手紙《てがみ》だよ、きっとこれ」

「そっかあ。でも、汚《よご》すって何《なん》で？」

「僕《ぼく》らでさあ、グランパも一緒《いっしょ》にこのビスケットを作《つく》るんだよ。作《つく》ってる時《とき》、バターとかくっ付《つ》いて汚《きたな》くなっちゃうんだよ。お母《かあ》さんの料理《りょうり》の本見《ほんみ》てるから知《し》ってるんだ」

「そっか。で？」

「でさ、みんなで楽《たの》しく食《た》べるんだ。悲《かな》しいことが、楽《たの》しいことに変《か》わるように」

次《つぎ》の休《やす》みを待《ま》って、僕《ぼく》は初《はじ》めて基地《きち》を出《で》てグランパの住《す》んでいる家《いえ》に行《い》った。念《ねん》のためにお母《かあ》さんが持《も》たせてくれたビスケットの材料《ざいりょう》は結構重《けっこうおも》かった。

ジェイソンと僕《ぼく》は、スティーブンとお父《とう》さんとお母《かあ》さんを三時《じ》に招待《しょうたい》した。

僕《ぼく》らは軽《かる》くチーズトーストをほおばったあと、キッチンに入《はい》った。まずは、キッチンの片付《かたづ》けからだった。

「グランパ、毎日《まいにち》ちゃんと片付《かたづ》けなきゃだめじゃないか」

「おう、ジェイソン。その言葉《ことば》はそっくりそのままお前《まえ》にお返《かえ》しじゃ」

グランパはちょっと無理《むり》して強《つよ》がっているように見《み》えた。

「バターを細《こま》かく切《き》って、ブラウンシュガーと、小麦粉《こむぎこ》。ほら、グランパ、シュガーと小麦粉《こむぎこ》ちゃんと計《はか》って、フードプロセッサーに入《い》れるんだよ」

「こんなもん、使《つか》ったことないからなあ。動《うご》くかの？」

「壊《こわ》れてたらスティーブンが直《なお》してくれるよ。とにかくやって」

「ジュンヤ、お前《まえ》いつから隊長《たいちょう》になったんじゃ？」

「僕《ぼく》？　隊長《たいちょう》かあ。それも悪《わる》くないな」

僕《ぼく》らはガラガラとフードプロセッサーを回《まわ》したあと、そこにゴールデンシロップとピーナッツとロールドオーツを混《ま》ぜた。

「よし、見《み》ろ、ジュンヤ。鉄板《てっぱん》にベーキングペーパーを敷《し》けって書《か》いてあるぞ。何《なん》じゃ？　そ

れ」

「ああ、そこのラップの入《はい》っている引《ひ》き出《だ》しにあるかもよ。ツルツルな紙《かみ》がロール状《じょう》になってる」

「ああ、思《おも》い出《だ》した。マムもよく使《つか》ってたよ」

「知《し》らんのはわしだけかい？」

「本当《ほんとう》に何《なん》にも知《し》らないんだね。五年間《ねんかん》、何《なに》を食《た》べて生《い》きてたの？」

「うるさい！　見《み》つけたぞ。これか？」

「そうそう、紙《かみ》は腐《くさ》らないから大丈夫《だいじょうぶ》！　それを鉄板《てっぱん》の上《うえ》に敷《し》いて」

グランパはもたもたしていた。

「そうじゃねえよ。貸《か》してみろよ」

ジェイソンの方《ほう》がよっぽど頼《たよ》りになった。

僕《ぼく》らは、クッキーの種《たね》を大《おお》きいスプーンですくって、ベーキングペーパーの上《うえ》に落《お》としていった。これがなかなか難《むずか》しくて、形《かたち》や大《おお》きさはめちゃくちゃになったけれど、もうその時《とき》それをやり直《なお》すエネルギーは誰《だれ》にも残《のこ》っていなかった。

「店《みせ》で買《か》ってきたビスケットの袋《ふくろ》を開《あ》けるようなわけにはいかんのお」

「当《あ》たり前《まえ》だろ！」

ジェイソンは流《なが》しの中《なか》に山盛《やまも》りになった洗《あら》い物《もの》を見《み》ながら言《い》った。

鉄板《てっぱん》はオーブンの中《なか》に入《はい》った。

僕《ぼく》らはマグカップを出《だ》し、お皿《さら》を用意《ようい》して、洗《あら》い物《もの》に取《と》りかかった。

軽《かる》い思《おも》い付《つ》きがこんなに重労働《じゅうろうどう》だとは思《おも》いもしなかった。

木《き》のドアをノックする音《おと》がして、ゲストが次々《つぎつぎ》にやってきた。ルーシーは鼻《はな》っ面《つら》でドアを開《あ》けて自分《じぶん》で入《はい》ってきた。

「お茶会《ちゃかい》にお招《まね》きいただいてありがとう」

お母《かあ》さんは白《しろ》いバラの花束《はなたば》を持《も》っていた。それは春一番《はるいちばん》にうちの庭《にわ》に咲《さ》いたバラだった。

「ああ、なつかしいなあ。おふくろがいた頃《ころ》の匂《にお》いがするよ」

スティーブンはそうつぶやくと目《め》を細《ほそ》めた。

インスタントコーヒーにミルクを入《い》れ、四人分《にんぶん》のコーヒーを作《つく》ったのはジェイソンだった。結構《けっこう》サマになっていたのがおかしかった。

僕《ぼく》はグラスに二人分《ふたりぶん》のミルクをついで、ルーシーにもドッグフード用《よう》の赤《あか》いボウルに入《い》れてやった。

オーブンから甘《あま》くて香《こう》ばしい匂《にお》いがしてくると、グランパがお皿《さら》を持《も》って立《た》ち上《あ》がった。

「こんなにうまく出来《でき》たぞ」

形《かたち》もバラバラで、ちょっと端《はじ》っこが焦《こ》げているのもあったけれど、僕《ぼく》らは大満足《だいまんぞく》だった。だって、お母《かあ》さんにキッチンから助《たす》けを求《もと》めなかったんだから。

「五年前《ねんまえ》にな、ばあさんがいなくなってから、缶《かん》を開《あ》けてこれを食《た》べるのがたまらんかった。でもなあ、こんなに旨《うま》いもんだったんじゃなあ。ああ、旨《うま》いよ」

「泣《な》くなよ。隊長《たいちょう》！」

ジェイソンはニッと笑《わら》うとグランパをつっついた。

「トム、来年《らいねん》はショーのビスケットコンテストに出品《しゅっぴん》してみるのもいいぞ」

お父《とう》さんが三枚目《まいめ》をかじりながら笑《わら》った。

次《つぎ》の週《しゅう》、水曜日《すいようび》にシェッドに行《い》くと、コアラとワライカワセミの缶《かん》には、グランパがひとりで作《つく》ったビスケットが入《はい》っていた。

「次《つぎ》はお前《まえ》だな、ジェイソン。お前《まえ》の怖《こわ》いもの突破作戦《とっぱさくせん》だ。でもなあ、母親《ははおや》を亡《な》くした辛《つら》さは、人間《にんげん》には忘《わす》れることは無理《むり》じゃ」

「じゃあ、次《つぎ》はジュンヤだ」

「そうはいかん。ひとりぼっちの恐怖《きょうふ》はどうしたら突破《とっぱ》出来《でき》るか、答《こた》えられたら勘弁《かんべん》してやろう」

「いきなり何《なん》だよ。わかんないよ。学校《がっこう》でオレにマムがいないことはみんな知《し》ってるけど、死《し》んじゃったって知《し》ってるのはジュンヤと先生達《せんせいたち》だけなんだ。だから、マムのことを聞《き》いてくるヤツもいるよ。ジャスミンなんて最低《さいてい》だ。『離婚《りこん》なんてよくあることよ。新《あたら》しいお母《かあ》さんがすぐに見《み》つかるといいね』って言《い》いやがった」

「意地悪《いじわる》で言《い》ったんじゃないんじゃろ？」

「同《おな》じだよ。男《おとこ》だったらなぐってた」

「そりゃいかんよ」

「アッタマくるんだ！」

「それがお前《まえ》の恐怖《きょうふ》のつぼじゃからな。わかるか？　恐怖《きょうふ》をつき付《つ》けられたことに反応《はんのう》しておるんじゃよ」

「だから、それを突破《とっぱ》するにはどうしたらいいんだよ。ジュンヤ、黙《だま》っていないで手伝《てつだ》えよ」

「僕《ぼく》のお母《かあ》さんが死《し》んじゃったらって考《かんが》えてたんだ。だめだよ。ジェイソン、キミの悲《かな》しさしか想像出来《そうぞうでき》ない」

「しょうがねえなあ」

「何《なん》で、母親《ははおや》の死《し》を隠《かく》しとる？」

グランパの質問《しつもん》を背《せ》に、ジェイソンはルーシーに口笛《くちぶえ》を吹《ふ》くとそのまま外《そと》に出《で》ていった。

少《すこ》したって、ルーシーがつまらなそうに帰《かえ》ってきたから、シェッドの屋根《やね》に上《あ》がってみると、ジェイソンが膝《ひざ》を抱《かか》えていた。

「オレ、そんなこと隠《かく》すほど弱虫《よわむし》じゃないさ。ダサいだろ、そんなの」

「グランパだったら、隠《かく》すのも『普通《ふつう》じゃ』って言《い》うよ。きっと」

「そうだな。何《なん》でも普通《ふつう》なんだよ、グランパには。でもよ、自分《じぶん》だってビスケットのことずっと言《い》わなかったじゃないか」

「でもさあ、僕《ぼく》らに話《はな》してくれて、一緒《いっしょ》にビスケット作《つく》ったグランパ、ちょっと、かっこ良《よ》かった。大人《おとな》ってさあ、結構《けっこう》いろいろ隠《かく》してかっこつけたりするじゃん」

ジェイソンは、あぐらをかくと僕《ぼく》を見《み》てグランパみたいに笑《わら》った。

「お前《まえ》、面白《おもしろ》いヤツじゃのお」

九　ジェイソンのマム

「マムはいつもうちにいたから、オレは保育園《ほいくえん》とかには行《い》ったことがないんだ」

　ジェイソンは遠《とお》くを見《み》ながら話《はな》し始《はじ》めた。

「幼稚園《ようちえん》に一年《ねん》だけ行《い》って地元《じもと》の小学校《しょうがっこう》に入《はい》ったのさ。六〇〇人以上《にんいじょう》も生徒《せいと》がいる大《おお》きい小学校《しょうがっこう》だったんだけどよ、鉱山《こうざん》で働《はたら》く人達《ひとたち》の子《こ》どもが多《おお》かったから、しょっちゅう誰《だれ》かが転校《てんこう》して、その分新入《ぶんしんい》りが入《はい》ってきたなあ」

　僕《ぼく》は、なぜジェイソンが急《きゅう》に幼稚園《ようちえん》とか小学校《しょうがっこう》の話《はなし》を始《はじ》めたのかわからなかったけど、隣《となり》で耳《みみ》を傾《かたむ》けた。

「鉱山《こうざん》で働《はたら》く人達《ひとたち》は、すぐに引《ひ》っ越《こ》しちゃうってこと？」

「ああ。鉱山《こうざん》の仕事《しごと》は儲《もう》かるらしいんだけど、めちゃくちゃきついんだ。二週間《しゅうかん》ぶっ続《つづ》けで泊《と》まり込《こ》みで仕事《しごと》をして、次《つぎ》の一週間《しゅうかん》が休《やす》みになる。だから、遠《とお》くに家族《かぞく》を置《お》いてきている人《ひと》も

結構《けっこう》いるらしい。

ダッドは電気技師《でんきぎし》のグループリーダーだったから、休《やす》みはめちゃくちゃでよ、オレんちはいつもスカスカしてたなあ」

「さびしかった？」

「そうでもなかったな。マムが明《あか》るくて、いつもハミングしながらキッチンにいたから、オレは自分《じぶん》の生活《せいかつ》に疑問《ぎもん》も不満《ふまん》もなかったぜ。

学校《がっこう》が終《お》わると、スイミングクラブに行《い》ったり、バスケットボールの練習《れんしゅう》も地域《ちいき》の体育館《たいいくかん》で週《しゅう》二回《かい》はあって、シーズンに入《はい》ると試合《しあい》で忙《いそが》しかった。勉強《べんきょう》？って聞《き》きたそうだな。それは今《いま》だって大事《だいじ》なことじゃない」

僕《ぼく》は大《おお》きな声《こえ》で笑《わら》ってしまった。

「友達《ともだち》は？」

「うーん、友達《ともだち》はバスケ仲間《なかま》がメインだったけどよ、学校《がっこう》でいつも誰《だれ》かと一緒《いっしょ》にいるってことはなかったな。ひとりで高《たか》い所《ところ》に上《のぼ》って遠《とお》くを見《み》るのが一番好《いちばんす》きだった」

「今《いま》もそうだね」

ジェイソンは遠《とお》くを見《み》るのをやめて、僕《ぼく》を見《み》て笑《わら》った。

「風《かぜ》の音《おと》は地球《ちきゅう》が動《うご》いている証拠《しょうこ》だってダッドが教《おし》えてくれたんだ」

僕《ぼく》はジェイソンがこの町《まち》に来《き》てから、スティーブンと一緒《いっしょ》にシェッドの屋根《やね》に上《のぼ》っているのを見《み》たことがなかったけど、高《たか》い所《ところ》に上《のぼ》る楽《たの》しさはスティーブンに教《おし》えてもらったんだね。

「二週間《しゅうかん》待《ま》ってダッドが帰《かえ》ってくると、オレはうれしさで自分《じぶん》の気持《きも》ちが粉々《こなごな》になっちまわないように気《き》を付《つ》けた。六日《か》たって、オレがベッドに入《はい》る時間《じかん》になれば、遠《とお》くに消《き》えていくエンジンの音《おと》がするのがわかっていたからな」

そこまで話《はな》すと、ジェイソンは抱《かか》えた膝小僧《ひざこぞう》におでこをくっ付《つ》けてしばらくじっとしていた。

次《つぎ》にジェイソンが話《はな》し始《はじ》めた時《とき》、少《すこ》し声《こえ》が震《ふる》えているようだった。

「小学《しょうがく》三年《ねん》の時《とき》、学校《がっこう》から帰《かえ》るとマムが背中《せなか》をひくつかせてバスルームで吐《は》きまくってたんだ。で、そのまんま倒《たお》れちまった。

オレの手《て》は一瞬《いっしゅん》で冷《つめ》たくなった。夢中《むちゅう》で000*に電話《でんわ》して救急車《きゅうきゅうしゃ》を呼《よ》んだ。オペレーターは電話《でんわ》をそのままにさせて、マムの様子《ようす》を聞《き》きながらオレに話《はな》しかけ続《つづ》けてくれた。学校《がっこう》で救急《きゅうきゅう》車《しゃ》の呼《よ》び方《かた》とか心臓《しんぞう》マッサージとか、高学年《こうがくねん》が習《なら》っている時《とき》に見学《けんがく》しておいて良《よ》かった。でもよ、小学《しょうがく》三年《ねん》の救命能力《きゅうめいのうりょく》なんて何《なん》の役《やく》にも立《た》たないさ。

病院《びょういん》でたくさんの管《くだ》につながったマムの横《よこ》から、オレは意地《いじ》でも動《うご》かなかった。ダッドが来《く》るまでオレが守《まも》らないといけないって思《おも》ってたんだ。看護師《かんごし》さんが時々《ときどき》飲《の》み物《もの》やお菓子《かし》を持《も》って様子《ようす》を見《み》に来《き》てくれた。マムの様子《ようす》で気《き》になったことも聞《き》かれたけど、時々頭《ときどきあたま》が痛《いた》いって

＊000…オーストラリアで警察・救急車を呼ぶ時の電話番号。

言《い》っていたことしか思《おも》いつかなかった。

夜遅《よるおそ》くなって、六〇〇キロメートル離《はな》れた州都《しゅうと》のパースに住《す》むマムの妹《いもうと》、オレのアンティー＊が駆《か》け付《つ》けてくれたっけ。明《あ》け方《がた》になってダッドが来《き》た時《とき》、オレはマムの隣《となり》のベッドで目《め》を覚《さ》ましたのを覚《おぼ》えてる。ダッドはオレをギュッってハグするとさ、マムを見《み》たんだ。ダッドの大《おお》きく見開《みひら》いた目《め》は少《すこ》し赤《あか》くうるんでた。

オレは次《つぎ》の日《ひ》から、マムのいない家《いえ》でアンティーと過《す》ごした。アンティーには子《こ》どもがいなかったから、めちゃくちゃオレをかわいがってくれたなあ。

でも、オレはダッドが泊《と》まり込《こ》んでいる病院《びょういん》の向《む》かいのモーテルに行《い》きたかったんだ。

週末《しゅうまつ》になって病院《びょういん》に行《い》くと、少《すこ》し小《ちい》さくなったマムの頭《あたま》は白《しろ》い包帯《ほうたい》で巻《ま》かれてた。何《なに》があったのか、詳《くわ》しいことは誰《だれ》も話《はな》してくれなかった。頭《あたま》が痛《いた》かっただけって、マムは笑顔《えがお》を作《つく》って言《い》ったけど、小学《しょうがく》三年《ねん》ってそんなに甘《あま》いか？」

僕《ぼく》は小《ちい》さく首《くび》を横《よこ》に振《ふ》り、ジェイソンはそのまま続《つづ》けた。

「二週間《しゅうかん》してマムはうちに帰《かえ》ってきた。これで人生最大《じんせいさいだい》の恐怖《きょうふ》は去《さ》ったと思《おも》ったぜ。

でも、マムはそれからもしょっちゅう病院《びょういん》に行《い》ったし、退院《たいいん》して家《いえ》に帰《かえ》ってきた時《とき》でも、よく吐《は》いてたんだ。

だから、ダッドは鉱山《こうざん》をやめて、町《まち》の電気工事《でんきこうじ》の会社《かいしゃ》に入《はい》った。

＊アンティー…おばのくだけた呼び方。おばちゃん。

料理《りょうり》も掃除《そうじ》もアイロンがけも何《なん》にも出来《でき》ないオレ達二人《たちふたり》で、家事《かじ》の押《お》し付《つ》け合《あ》いが始《はじ》まったけど、マムがいつもソファにすわっていたから、家《いえ》の中《なか》はまだあったかかったさ。

でもよ、それから一年《ねん》もしないうちに、マムは病院《びょういん》に戻《もど》って、だんだんオレのこともダッドのこともわからなくなっちまって、ぼんやりしたまんま死《し》んじゃったぜ。悪性《あくせい》の脳腫瘍《のうしゅよう》だったんだ。オレが五年生《ねんせい》になってすぐの夏《なつ》だった」

誰《だれ》かの悲《かな》しみがわかるって、こんなに心《こころ》が痛《いた》くなることなんだって僕《ぼく》は思《おも》っていた。

「ああなることはどこかでわかっていたんだ。でもよ、オレはマムが死《し》んでいなくなっちまったことにパニックになったまま固《かた》まっちまった。何《なに》が何《なん》だかわからなくなっちまった」

ジェイソンはびっくりした顔《かお》で僕《ぼく》を見《み》た。

「ジュンヤ、お前《まえ》が泣《な》くことないだろ？　オレの話《はなし》だよ」

僕《ぼく》は慌《あわ》てて涙《なみだ》を拭《ぬぐ》った。

「泣《な》いてなんかいないってば」

ジェイソンはそれまで見《み》せていた硬《かた》い表情《ひょうじょう》を崩《くず》して大《おお》きく伸《の》びをした。

「毎日《まいにち》ベッドの中《なか》で丸《まる》まってるオレに、ダッドが、新《あたら》しい場所《ばしょ》で新《あたら》しい生活《せいかつ》を始《はじ》めようって。

それが、ここドゥリンビルさ。

グランパはダッドの父親《ちちおや》で、オレ、ガキの頃《ころ》に何回《なんかい》かここに来《き》たことがあったし、グランパのこともファームのことも好《す》きだったからな。イヤとは言《い》わなかった」

ジェイソンは急《きゅう》に立《た》ち上《あ》がって、はしごに足《あし》をかけると、あっという間《ま》に地面《じめん》に飛《と》び降《お》りていた。

僕《ぼく》も慌《あわ》ててあとを追《お》いかけた。

クリークの方《ほう》に歩《ある》きながら、ジェイソンは続《つづ》けた。

「ここにはさ、マムも一緒《いっしょ》に来《き》たんだ」

「え？」

「ダッドがさ、マムの体《からだ》は病気《びょうき》になってなくなっちゃったけど、魂《たましい》はいつも一緒《いっしょ》だからって。でもよ、そんなことオレにはよくわかんねえな」

そう言《い》いながらも、ジェイソンの声《こえ》はいつもの明《あか》るさを取《と》り戻《もど》していた。

次《つぎ》の日《ひ》、アートの時間《じかん》に家族《かぞく》の似顔絵《にがおえ》をかく課題《かだい》が出《で》ていたから、僕《ぼく》らは家族《かぞく》の誰《だれ》かの写真《しゃしん》

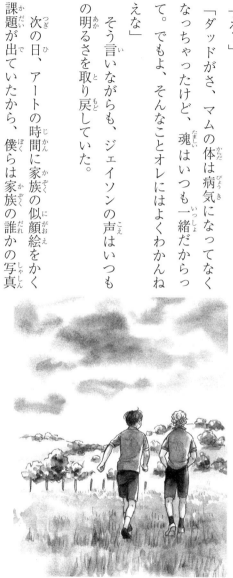

を持《も》っていかなければならなかった。

僕《ぼく》はお父《とう》さんの写真《しゃしん》をスクールバッグに入《い》れた。

ジェイソンもきっとスティーブンの写真《しゃしん》を持《も》ってくるんだろうと思《おも》った。

でも、昼休《ひるやす》みのあと、アートの教室《きょうしつ》に行《い》って大《おお》きいテーブルを囲《かこ》むと、ジェイソンの前《まえ》には
きれいな女《おんな》の人《ひと》の写真《しゃしん》があった。

「それ、離婚《りこん》しちゃったお母《かあ》さん？」

ジャスミンが同情《どうじょう》した。っていうか、得意《とくい》の勘違《かんちが》いを押《お》し付《つ》けた。

(今度《こんど》こそヤバい）と、僕《ぼく》が首《くび》をすくめた瞬間《しゅんかん》、ジェイソンが言《い》った。

「離婚《りこん》じゃないよ。病気《びょうき》で死《し》んじゃったんだ。それが辛《つら》くって、ずっと言《い》えなかった。あれは、本当《ほんとう》のことじゃないんだって、自分《じぶん》をごまかしてた気《き》がする」

「そうなの……」

さすがにジャスミンもここでは悲劇《ひげき》のヒロインにはなれない。

「でも、いいんだよ。一生懸命《いっしょうけんめい》かいてやるんだ。マムの元気《げんき》でハッピーだった顔《かお》」

ジェイソン、かっこ良《よ》かったぞ。

「おお。わしもそこにいたかったぞ、ジェイソン。恐怖《きょうふ》から逃《に》げようとすればな、それはもっ

と大《おお》きくなる。それはお前《まえ》らがわしに教《おし》えてくれたじゃろ？」

グランパはジェイソンよりも晴《は》れ晴《ば》れした顔《かお》を見《み》せた。

「で、その絵《え》はどうした？　スティーブンにやったら喜《よろこ》ぶぞ」

「ううん、グランパ。おこづかいを減《へ》らされると思《おも》う」

ジェイソンのアートワークを見《み》ている僕《ぼく》にはそれしか言《い》えなかった。

一〇　勇気《ゆうき》で戦《たたか》え！

「さあ、次《つぎ》はジュンヤ、お前《まえ》だな。お前《まえ》のはやりがいがあるぞお。作戦会議《さくせんかいぎ》は土曜日《どようび》にするかな？」

グランパは張《は》り切《き》っていた。

土曜日《どようび》は朝《あさ》から雨《あめ》が降《ふ》っていた。お母《かあ》さんに車《くるま》で送《おく》ってほしかったけれど、僕《ぼく》はレインコートをつかんで外《そと》に出《で》た。

秘密基地《ひみつきち》こと、シェッドに着《つ》くとずぶぬれで臭《くさ》いルーシーがいた。

「こいつ、雨《あめ》の中《なか》を遊《あそ》んできおった。こんな生乾《なまがわ》きの雑巾《ぞうきん》みたいな臭《にお》いじゃあ嫁《よめ》にも行《い》けん」

「ジェイソンは？」

「ああ、今来《いまく》るよ。スティーブンと一緒《いっしょ》に、自分《じぶん》のうちでマリに教《おそ》わったキッシュを作《つく》っとるらしい。期待《きたい》はするなよ」

キッチン戦争《せんそう》が目《め》に浮《う》かび、僕《ぼく》は手伝《てつだ》いに行《い》きたいとは思《おも》わなかった。

「ま、ぼちぼち始《はじ》めるか？　何《なん》だったっけな？」

『僕《ぼく》が僕《ぼく》でなくなること』

僕《ぼく》は紙《かみ》を取《と》り出《だ》すと、黙《だま》ってグランパに押《お》し付《つ》けた。

まったく、『何《なん》だったっけ？』はないよな。

「おうおう、そうじゃった。『情《なさ》けないダサい弱虫《よわむし》になる』って言《い》っとったな」

そっちは覚《おぼ》えていた。

「ジュンヤ、お前《まえ》の言《い》う『僕《ぼく》』がどんなヤツだか知《し》っとるか？」

「何《なに》？」

「だって、『僕《ぼく》が僕《ぼく》でなくなる』のが怖《こわ》いんじゃろ？」

「そうだけど」

「お前《まえ》が『好《す》きな僕《ぼく》』でなくなることが怖《こわ》いんじゃろ？」

「そうとも言《い》える」

ちょっとカチンときた。

「ふくれるな。でもな、覚《おぼ》えておけ。賢《かしこ》くて優《やさ》しいお前《まえ》も、情《なさ》けないダサい弱虫《よわむし》も、全部《ぜんぶ》ひっくるめてジュンヤなんじゃよ。全部《ぜんぶ》を受《う》け入《い》れてやれ」

「でもよお、グランパ。弱《よわ》い自分《じぶん》でもいいやって思《おも》うのは向上心《こうじょうしん》がないって、体育《たいいく》の先生《せんせい》が言《い》ってたぜ」

ジェイソンがタマゴとクリームで汚《よご》れたシャツを着《き》てやってきた。どうやらキッシュは無《ぶ》事《じ》？　オーブンに入《はい》ったとみた。

「弱《よわ》い自分《じぶん》を見《み》ようとせんで、『これでいいや』って隠《かく》れとるのは負《ま》け犬《いぬ》じゃ。そのままずっと、恐怖《きょうふ》と一緒《いっしょ》じゃな」

「だろ？」

「ジェイソン、受《う》け入《い》れるっていうのはな、降参《こうさん》することじゃない。真《ま》っ向勝負《こうしょうぶ》することじゃ」

グランパは足《あし》で、仰向《あおむ》けに寝転《ねころ》んでしっぽを振《ふ》っているルーシーのお腹《なか》をなでていた。

「弱《よわ》い自分《じぶん》も嫌《きら》いにならずに大切《たいせつ》にしてやれ。どうしたら大切《たいせつ》に出来《でき》る？」

僕《ぼく》は、クイーンズランド州《しゅう》のアランを思《おも》い出《だ》していた。同《おな》い年《どし》なのに弱虫《よわむし》で、いつも僕《ぼく》のあとを付《つ》いて歩《ある》いていたっけ。

でも、そんなアランを僕《ぼく》は嫌《きら》いだって思《おも》ったことは一度《いちど》もなかった。むしろ守《まも》ってやらなきゃいけないって思《おも》っていた。

「ねえ、グランパ。弱《よわ》い自分《じぶん》を嫌《きら》いにならないで守《まも》ってあげるって、どうしたらいい？」

「お前《まえ》は学校《がっこう》で、情《なさ》けない思《おも》いをさせられた時《とき》、どうしてる？」

「ケンカはいけないから、ぐっと我慢《がまん》するよ」

「ほう？　ケンカはいかんな。でも、そのぐっと我慢《がまん》するっていうのは価値《かち》があることか？」

僕《ぼく》は下《した》を向《む》いた。

「人《ひと》のためにする我慢《がまん》には価値《かち》がある。だが、お前《まえ》の我慢《がまん》は泣《な》き寝入《ねい》りってヤツじゃよ。お前《まえ》は弱《よわ》い自分《じぶん》を穴《あな》の中《なか》に置《お》き去《ざ》りにした。

なあ、ジュンヤ、弱《よわ》いって意味《いみ》がわかるか？」

「……って……いったってさあ……」

言葉《ことば》に詰《つ》まっている僕《ぼく》を見《み》ながらジェイソンが言《い》った。

「そういえばさあ、オレ、ジュンヤがイヤなことをイヤって主張《しゅちょう》しているところ、たぶん見《み》たことないぜ。いつも静《しず》かなんだ」

そうだよ、ジェイソン。僕《ぼく》は僕《ぼく》のために戦《たたか》うことをしなかった。

僕《ぼく》に答《こた》えが降《ふ》ってきた。

「弱《よわ》いって、突破出来《とっぱでき》ないってことだよ。戦《たたか》えないってことだよ。ね、グランパ」

「ジュンヤ、イヤなことには立《た》ち上《あ》がってイヤって言《い》えるな」

「うん、戦《たたか》うよ」

「戦《たたか》いか。でも、戦《たたか》いはやり方《かた》を間違《まちが》えちゃいかんぞ。わしはな、若《わか》い頃《ころ》に間違《まちが》った戦《たたか》いをした後悔《こうかい》を今《いま》だって背負《せお》っとる。たぶん、一生背負《いっしょうせお》っていくんじゃろうな」

グランパは僕《ぼく》らを基地《きち》から自分《じぶん》のうちに連《つ》れていった。

相変《あいか》わらずキッチンは片付《かたづ》いていなかったけれど、甘《あま》く香《こう》ばしい匂《にお》いが漂《ただよ》っていた。

グランパは埃《ほこり》まみれのアルバムを出《だ》してきた。黄《き》ばんだ紙《かみ》の上《うえ》に白黒《しろくろ》の写真《しゃしん》がのり付《づ》けされていた。

「かっこいいなあ、アーミーだ。どれがグランパ？」

ジェイソンが聞《き》いた。

「これじゃ。一番《いちばん》いい男《おとこ》じゃ」

グランパはすっきりと背《せ》が高《たか》く、軍服《ぐんぷく》がものすごく似合《にあ》っていた。帽子《ぼうし》をちょっと斜《なな》めにかぶったその下《した》には優《やさ》しい目《め》が笑《わら》っていた。僕《ぼく》の知《し》っている目《め》と同《おな》じだった。

「若《わか》い頃《ころ》になあ、わけもわからず、国《くに》や家族《かぞく》、それに虐《しいた》げられている人達《ひとたち》を守《まも》るんだって信《しん》じてな、ベトナムって国《くに》に戦争《せんそう》に行《い》った。

あの時《とき》はわしも若《わか》かったし、戦争《せんそう》がどういうもんか深《ふか》く考《かんが》えんでな。選《えら》ばれたヒーロー気分《きぶん》で軍服《ぐんぷく》に身《み》を包《つつ》んだ」

「そん時《とき》、もう結婚《けっこん》してたの？」

「婚約《こんやく》しとった、ばあさんと。無事《ぶじ》に帰《かえ》ることを約束《やくそく》した」

「良《よ》かった。約束守《やくそくまも》れたんだもんね」

「ああ。でもな、守《まも》れんかった男達《おとこたち》も大勢《おおぜい》おった。敵《てき》と味方《みかた》に分《わ》かれた殺《ころ》し合《あ》いじゃからな」

僕《ぼく》らは黙《だま》った。

「何《なん》であっちが敵《てき》なのか、わかっていたとは思《おも》えんな。でも、戦場《せんじょう》に出《で》たとたん、銃《じゅう》がこちらに向《む》くと、心臓《しんぞう》が凍《こお》り付《つ》く。ションベンちびっちまう恐怖《きょうふ》じゃ。その恐怖《きょうふ》のせいで、相手《あいて》を、敵《てき》を、とことん嫌《きら》いになる。憎《にく》むってことじゃ。相手《あいて》を殺《ころ》したいほどにな。戦場《せんじょう》でな、相手《あいて》を殺《ころ》す時《とき》、それは正義《せいぎ》じゃない、恐怖《きょうふ》がそうさせるんじゃ」

グランパは僕《ぼく》らの方《ほう》は見《み》ずに、写真《しゃしん》に話《はな》しかけているようだった。

「こっちに引《ひ》き上《あ》げる少《すこ》し前《まえ》にな、敵《てき》の兵隊《へいたい》と出《で》くわして一騎《いっき》打《う》ちになったことがあった。銃《じゅう》口《こう》と銃口《じゅうこう》が向《む》き合《あ》った一瞬《いっしゅん》、わしは相手《あいて》の目《め》を見《み》た。おびえとった。そして、わしもおびえとった。で、弱《よわ》い方《ほう》が先《さき》に引《ひ》き金《がね》を引《ひ》いた」

「でもでもでも、そうしなかったらグランパは殺《ころ》されちゃってたんだろ？　しょうがないじゃないか」

ジェイソンは真剣《しんけん》だった。

「そうじゃ。でもなあ、あの兵士《へいし》の家族《かぞく》が彼《かれ》を失《うしな》った瞬間《しゅんかん》、わしはとんでもない罪悪感《ざいあくかん》を背負《せお》うことになった。一生《いっしょう》、減《へ》ることのない重《おも》みじゃよ」

「テレビでやってる軍隊募集《ぐんたいぼしゅう》のコマーシャルはクールだぜ！」

「恐怖《きょうふ》を与《あた》えられ、それを恐怖《きょうふ》で攻撃《こうげき》し返《かえ》すのが戦争《せんそう》なら、最高《さいこう》にかっこ悪《わる》いんじゃ」

「うん。お母《かあ》さんもよく、テレビのコマーシャルはうそばっかりって言《い》ってるよ」

グランパは大《おお》きな声《こえ》で笑《わら》うとアルバムを閉《と》じた。

「戦《たたか》う時《とき》はな、勇気《ゆうき》で戦《たたか》え。恐怖《きょうふ》で戦《たたか》っちゃいかん」

具体的《ぐたいてき》な僕《ぼく》の恐怖《きょうふ》突破《とっぱ》の作戦《さくせん》は授《さず》けられないまま、その日《ひ》の会議《かいぎ》は終了《しゅうりょう》した。

グランパの言《い》うことは、時々《ときどき》理解《りかい》に時間《じかん》がかかるんだ。

僕《ぼく》は戦《たたか》いのことを、ことあるごとに思《おも》い出《だ》してはいたけれど、突破口《とっぱこう》となる思《おも》い付《つ》きはなかった。

いつものようにいじられ、情《なさ》けない日《ひ》が続《つづ》いた。

ジェイソンは、もう僕《ぼく》の戦《たたか》いに口《くち》を挟《はさ》むことはしないで、少《すこ》し遠《とお》くで観戦《かんせん》モードに入《はい》っていた。

クリスマスシーズンが近付《ちかづ》いていた。

ビクトリア州《しゅう》の一二月《がつ》はそれほどの酷暑《こくしょ》にはならない。暑《あつ》いのは年《とし》が明《あ》けてからだ。それでもたまに、四〇度《ど》を超《こ》す乾《かわ》いた大地《だいち》にうんざりする。

「今度《こんど》のホリデーは、ちょっと日本に帰《かえ》る余裕《よゆう》がないなあ。お前達《まえたち》には気《き》の毒《どく》だが」

お父《とう》さんが晩《ばん》ご飯《はん》のあと、すまなそうに言《い》った。

「あら、私《わたし》はいいわよ。年末《ねんまつ》の混《こ》んでいる飛行機《ひこうき》はたくさんよ。時間《じかん》のある時《とき》に帰《かえ》ればいいんだし」

お母《かあ》さんはいつもサバサバこだわらない。

「じゃあ、淳也《じゅんや》、お前《まえ》はどうしたい？　トビーの所《ところ》にでも行《い》ってくるか？」

いつもこうなんだ。ホリデーのプランが見《み》つからないと、トビーの家《いえ》が候補《こうほ》に挙《あ》がる。

「ううん、まだ、だめなんだ」

「まだ、だめって、何《なん》のこと？」

お母《かあ》さんが首《くび》を傾《かし》げた。

「こっちのことさ。それより、僕《ぼく》、ここでグランパのファームの手伝《てつだ》いがしたい」

「おいおい、ファームの手伝《てつだ》いは男《おとこ》の仕事《しごと》だ。邪魔《じゃま》はさせられないよ」

「邪魔《じゃま》はしないよ。言《い》われたことだけやる。キッチンの片付《かたづ》けだって手伝《てつだ》いだよ」

「トムには何《なん》て言《い》っていいやら」

「大丈夫《だいじょうぶ》だよ、お父《とう》さん。僕《ぼく》、自分《じぶん》で頼《たの》む」

トビー達《たち》と別《わか》れたのはついこの間《あいだ》だったのに、あの三人《にん》はずっと遠《とお》い所《ところ》に立《た》っているようだった。いや、僕《ぼく》がずっと遠《とお》い所《ところ》に来《き》てしまったんだ。

夏休《なつやす》みはクリスマスの少《すこ》し前《まえ》に始《はじ》まった。

トビー達《たち》からはビデオレターが届《とど》いた。見覚《みおぼ》えのあるボート小屋《ごや》の前《まえ》で、三人《にん》が順番《じゅんばん》に僕《ぼく》に話《はな》しかけてくれた。トビーはぐっと背《せ》が高《たか》くなっていて、もう子《こ》どもには見《み》えなかった。

ジャックは新《あたら》しいサーフボードを見《み》せびらかしてくれた。海《うみ》なんて、僕《ぼく》はもうずっと見《み》ていない。

アランは、驚《おどろ》いたことに髪型《かみがた》も服《ふく》もキマっていた。ジャスティン・ビーバーみたいだった。笑顔《えがお》で画面《がめん》にズームインしながら、「こっちに早《はや》く帰《かえ》ってこいよ」って。それが簡単《かんたん》なことだったら、どんなに僕《ぼく》の人生《じんせい》は楽《らく》だろう。

僕《ぼく》は三人《にん》に宛《あ》てたクリスマスカードに、ルーシーのことだけをたくさん書《か》いた。

裏《うら》のブッシュから適当《てきとう》な大《おお》きい枝《えだ》を切《き》ってきて、久々《ひさびさ》にクリスマスツリーを飾《かざ》った。僕《ぼく》のうちはクリスチャンじゃないけれど、クリスマス気分《きぶん》は楽《たの》しみだ。

イブは家族《かぞく》で羊《ひつじ》のローストを楽《たの》しんだ。

お父《とう》さんとお母《かあ》さんは、僕《ぼく》にリボンのかかった包《つつ》みをくれた。サーフボードではなさそうだったけれど、包《つつ》みを開《あ》ける時《とき》はいつだってウキウキする。

タスマニアのブラックウッドで作《つく》られた箱《はこ》が出《で》てきた。中《なか》は空《から》っぽだったし、ブラックウッドがどんなに高価《こうか》なものか知《し》らない僕《ぼく》は、その時《とき》ちょっとがっかりしたんだ。でも、カードに書《か》いてあるメッセージを見《み》て、僕《ぼく》にはとってもいい家族《かぞく》がいるんだって心強《こころづよ》くなった。

『淳也《じゅんや》の見《み》つけた宝物《たからもの》が大切《たいせつ》に保管《ほかん》されますように』

二五日《にち》のクリスマスランチは、一家《いっか》でジェイソンのうちに招《まね》かれた。グランパもルーシーもやってきた。ルーシーは首《くび》に金《きん》のモールを巻《ま》いて頭《あたま》にはトナカイの角《つの》のおもちゃをくっ付《つ》けていた。

スティーブンのキッシュはすごい上達《じょうたつ》を見《み》せていたけれど、結局大人《けっきょくおとな》の男《おとこ》の人達《ひとたち》が一番盛《いちばんも》り上《あ》がるのは、バーベキューに火《ひ》が入《はい》ってからだ。

夏《なつ》のオーストラリアは、大《おお》きいハエがそこいら中《じゅう》からたかってくる。大口《おおぐち》を開《あ》けて笑《わら》うのも要注意《ようちゅうい》だ。それでも、ハエの攻撃《こうげき》を帽子《ぼうし》からいくつもぶら下《さ》がったコルクで払《はら》いよけながら、みんなアウトドアで肉《にく》を食《た》べる。

「淳也《じゅんや》、ジェイソンにもこれを渡《わた》していらっしゃい」

お母《かあ》さんが、僕《ぼく》にくれたのと同《おな》じ包《つつ》みを取《と》り出《だ》した。

ジェイソンは僕《ぼく》から包《つつ》みを受《う》け取《と》ると、それに添《そ》えられたカードを読《よ》み、包装紙《ほうそうし》を破《やぶ》って複《ふく》雑《ざっ》な木目《もくめ》の木《き》の箱《はこ》を取《と》り出《だ》した。

「すげえなあ。きれいだなあ。大事《だいじ》にするぜ」

ジェイソンは大《おお》きくとびはねると、カードと木《き》の箱《はこ》を抱《かか》えたまま、お父《とう》さんとお母《かあ》さんにお礼《れい》を言《い》いに走《はし》っていった。

スティーブンとグランパは、ファームの羊《ひつじ》の肉《にく》のかたまりを冷凍《れいとう》にしたものを、僕《ぼく》ら一家《いっか》にプレゼントしてくれた。

お母《かあ》さんは、手作《てづく》りのジャムとかトマトソースの瓶《びん》をカゴに詰《つ》めて渡《わた》していた。

いつの間《ま》にか、みんな友達《ともだち》だ。


「よし、私《わたし》からお前達《まえたち》へのプレゼントはこれだ」

スティーブンはヘッドライトを二つぶら下《さ》げてくると、僕《ぼく》らに投《な》げてよこした。

「暗《くら》くなったらトラックで出発《しゅっぱつ》だ」

「ダッド！　最高《さいこう》じゃん。ウォンバットを探《さが》しに行《い》くんだね」

「ああ、本格的《ほんかくてき》に行《い》くぞ！」


僕《ぼく》らの夏《なつ》は平和《へいわ》に過《す》ぎた。宝探《たからさが》しは終《お》わったかのように感《かん》じていた。

でも、僕《ぼく》のブラックウッドの箱《はこ》は空《から》っぽのままで新学年《しんがくねん》を迎《むか》えた。

一月《がつ》の最後《さいご》の週《しゅう》、学校《がっこう》が始《はじ》まった。僕《ぼく》らは六年生《ねんせい》になった。クラスも六年《ねん》のメンバーはほとんど去年《きょねん》の五年《ねん》のクラスの持《も》ち上《あ》がりで、下《した》のクラスから新《あたら》しい五年生《ねんせい》が入《はい》ってきた。

前《まえ》の年《とし》の終《お》わりに、お父《とう》さんとお母《かあ》さんはミセス・ニコルソンと新《あたら》しい担任《たんにん》になるミセス・ピアソンから学校《がっこう》に呼《よ》ばれ、僕《ぼく》のクラスを変《か》えた方《ほう》がいいかどうか聞《き》かれたんだ。

でも、二人《ふたり》はそのままで構《かま》わないと言《い》ってきた。

クラスを変《か》えたところで何《なに》も変《か》わらないのは僕《ぼく》が一番《いちばん》よく知《し》っていた。

隣《となり》の5／6Aクラスの連中《れんちゅう》だって、僕《ぼく》のことはよく知《し》っていたし、実際《じっさい》、休《やす》み時間《じかん》には、彼《かれ》らにも時々《ときどき》イヤな思《おも》いをさせられていたからだ。僕《ぼく》のいじられキャラについては学校中《がっこうじゅう》が知《し》っていたと思《おも》う。

『勇気《ゆうき》を持《も》って戦《たたか》えるだろうか？』

僕《ぼく》は逃《に》げ腰《ごし》になりながらもチャンスを待《ま》っていた。

最初《さいしょ》の週《しゅう》、作文《さくぶん》の時間《じかん》の課題《かだい》は『卒業《そつぎょう》までの目標《もくひょう》』だった。

ミセス・ピアソンはクラスのみんながコンピュータにログインするのを待《ま》って、いくつか注《ちゅう》意《い》を与《あた》えた。

「みなさん、作文《さくぶん》をタイプしている間《あいだ》、インターネットを見《み》てはいけません。リサーチが必要《ひつよう》な作文《さくぶん》ではないからです。わかりましたね。それから、相談《そうだん》やおしゃべりもいけません」

「イエス、ミセス・ピアソン」

みんなそう答《こた》えながら、ちょっとウンザリ顔《かお》だった。

「これは夢《ゆめ》ではなくて目標《もくひょう》です。卒業《そつぎょう》までにこれをやり遂《と》げるぞ、と自分《じぶん》と約束出来《やくそくでき》ることを書《か》きなさい。文字《もじ》の大《おお》きさは一四ポイントでA4用紙《ようし》に一枚《まい》以上《いじょう》です。出来《でき》なかった人《ひと》は宿題《しゅくだい》にします」

クラス中《じゅう》から、「ブー」という不満《ふまん》の声《こえ》が上《あ》がったけれど、先生《せんせい》は静《しず》かに笑《わら》うと、自分《じぶん》の席《せき》について大《おお》きいモニターをのぞき込《こ》んだ。

それに僕《ぼく》らの画面《がめん》が次々《つぎつぎ》に映《うつ》し出《だ》され、さぼっている生徒《せいと》には恐《おそ》ろしいメッセージが送信《そうしん》されてきた。

僕《ぼく》が、適当《てきとう》にほめられそうな話《はなし》を創作《そうさく》しようかと思《おも》ったその瞬間《しゅんかん》、グランパの顔《かお》が浮《う》かんだ。

『戦《たたか》う時《とき》は勇気《ゆうき》で戦《たたか》え』

僕《ぼく》は、勇気《ゆうき》を出《だ》して、正直《しょうじき》に思《おも》っていることを書《か》こうと決《き》めた。

＊＊＊

卒業《そつぎょう》までの目標《もくひょう》

今年《ことし》一年《ねん》の目標《もくひょう》を書《か》く作文《さくぶん》ですが、僕《ぼく》は去年《きょねん》この小学校《しょうがっこう》に来《き》てから自分《じぶん》のことがよくわかりません。

僕《ぼく》は自分《じぶん》のことを普通《ふつう》に明《あか》るくて元気《げんき》な男子《だんし》だと思《おも》っていました。でも、今《いま》、僕《ぼく》は周《まわ》りの友達《ともだち》にいじられてはへこむ弱虫《よわむし》で、その弱《よわ》い自分《じぶん》を助《たす》ける方法《ほうほう》もよくわかりません。強《つよ》い自分《じぶん》もどこかに隠《かく》れてしまった感《かん》じです。

僕《ぼく》は去年《きょねん》この学校《がっこう》に来《き》て、いい友達《ともだち》が大勢《おおぜい》出来《でき》ることを目標《もくひょう》にしました。でも、今《いま》の目標《もくひょう》は学校《がっこう》に来《く》ることが怖《こわ》くなくなることです。

僕《ぼく》は日本人《じん》ですが、オーストラリアで生《う》まれたので、みんなと同《おな》じように日本の小学校《しょうがっこう》がどんななのかは知《し》りません。でも、僕《ぼく》の両親《りょうしん》は日本人《じん》だから、見《み》た目《め》はみんなと違《ちが》います。うちでは日本語《ご》で話《はな》すし、日本の食《た》べ物《もの》をよく食《た》べます。それはみんながいつも食《た》べているものと少《すこ》し違《ちが》います。

でも、日本語《ご》を話《はな》す僕《ぼく》も、見《み》た目《め》がみんなと違《ちが》う僕《ぼく》も、魚料理《さかなりょうり》が大好《だいす》きな僕《ぼく》も、みんな僕《ぼく》なんです。そして、みんなと同《おな》じようにオーストラリアで生《う》まれて育《そだ》ち、英語《えいご》を話《はな》し、ソーセージロールをかじり、フットボールを蹴《け》るのが大好《だいす》きなのも僕《ぼく》なんです。

そういう自分《じぶん》について、色々考《いろいろかんが》えることもありますが、それはとても難《むずか》しくてちゃんと整理《せいり》が出来《でき》ません。

でも僕《ぼく》は、そういう自分《じぶん》をみんなに普通《ふつう》に受《う》け入《い》れてもらいたかったし、いろいろな違《ちが》いも結構面白《けっこうおもしろ》いなと思《おも》ってほしくて、急《いそ》いで間違《まちが》った努力《どりょく》をしていたようです。

五年生《ねんせい》の時《とき》、僕《ぼく》は悩《なや》んで考《かんが》えました。

そんな僕《ぼく》とたくさん話《はなし》をして一緒《いっしょ》に考《かんが》えてくれたジェイソンと、隣《となり》に住《す》むジェイソンのおじいさんがいなかったら、僕《ぼく》は壊《こわ》れていたかもしれません。

二人《ふたり》と話《はな》しながら、僕《ぼく》はわかってもらう努力《どりょく》だけじゃなくて、みんなをわかる努力《どりょく》もしないといけないと思《おも》いました。

それから、この状況《じょうきょう》を突破《とっぱ》するために、勇気《ゆうき》を出《だ》して弱虫《よわむし》の僕《ぼく》を助《たす》けないといけないと思《おも》いました。

僕《ぼく》は、僕《ぼく》の目標《もくひょう》に到達《とうたつ》するために、勇気《ゆうき》を出《だ》して僕《ぼく》の気持《きも》ちを書《か》きます。

『フィッシュ』というあだ名《な》をやめてほしい。

僕《ぼく》が勉強《べんきょう》を努力《どりょく》することをズルしてるって言《い》わないでほしい。

僕《ぼく》をいじってみんなでくすくす笑《わら》うのをやめてほしい。

僕《ぼく》はこれからも勇気《ゆうき》を持《も》って自分《じぶん》の気持《きも》ちをちゃんと話《はな》そうと思《おも》います。そして、みんなの話《はなし》も聞《き》こうと思《おも》います。

卒業《そつぎょう》する前《まえ》にみんなとわかり合《あ》えて、楽《たの》しく学校《がっこう》に来《こ》られる自分《じぶん》になりたいです。

＊＊＊

一生懸命《いっしょうけんめい》、正直《しょうじき》に書《か》いた。

そして先生《せんせい》に送信《そうしん》した次《つぎ》の日《ひ》、僕《ぼく》は校長室《こうちょうしつ》に呼《よ》ばれた。そこには校長先生《こうちょうせんせい》のミスター・デュラス、去年《きょねん》の担任《たんにん》のミセス・ニコルソン、それと今《いま》の担任《たんにん》のミセス・ピアソンがいた。だから、ドアを開《あ》けた時《とき》ちょっとビビった。

「おお、ジュンヤ。そんな心配《しんぱい》そうな顔《かお》をしなくても大丈夫《だいじょうぶ》だよ」

ミスター・デュラスは高《たか》らかに笑《わら》って僕《ぼく》にもソファーにすわるように勧《すす》めてくれた。

でも、大人《おとな》三人《にん》と囲《かこ》む校長室《こうちょうしつ》のテーブルは僕《ぼく》をすくませるのに十分《じゅうぶん》だった。

テーブルの上《うえ》には僕《ぼく》の作文《さくぶん》があって、ミセス・ピアソンがそれを僕《ぼく》の前《まえ》に広《ひろ》げた。

「ジュンヤ、あなたのクラスでの、いいえ、学校《がっこう》での状況《じょうきょう》を私達《わたしたち》はよく知《し》っています。

ミセス・ニコルソンからも話《はなし》はよく聞《き》いていたし、私《わたし》もクラスのまとまりが、あなたを攻撃《こうげき》することで出来上《できあ》がっていくのを止《と》める手《て》がかりを探《さが》していたのよ」

ミセス・ニコルソンがその話《はなし》をつないだ。

「私《わたし》はね、去年《きょねん》、私《わたし》の指導力《しどうりょく》が足《た》りなかったことで、あなたを助《たす》けてあげられなかった。でも、この作文《さくぶん》を見《み》て、今《いま》からだって遅《おそ》くない、全力《ぜんりょく》でバックアップしようって決心《けっしん》したわ」

叱《しか》られるのかと思《おも》ったら、作文《さくぶん》をほめられた。

「ジュンヤ、こういった問題《もんだい》はキミだけに限《かぎ》ったことではないんだ。多《おお》かれ少《すく》なかれ、毎年《まいとし》どこかで誰《だれ》かに起《お》こるんだ。言《い》い換《か》えれば、キミだけの問題《もんだい》じゃないんだ」

グランパの言《い》う『普通《ふつう》』ってことだなと思《おも》った。

「それでだ、ご両親《りょうしん》にも了解《りょうかい》してもらわないといけないんだが、キミに先《さき》に聞《き》きたい。この作《さく》文《ぶん》を来週《らいしゅう》の月曜日《げつようび》の全校集会《ぜんこうしゅうかい》の時《とき》に、全校生徒《ぜんこうせいと》に向《む》けて読《よ》んでみないか？　もちろんその後《ご》のバックアップは私達教員《わたしたちきょういん》と保護者会《ほごしゃかい》が全力《ぜんりょく》を尽《つ》くす」

僕《ぼく》は、ここで起《お》こっていることも理解《りかい》が出来《でき》なかったし、これから起《お》こることも想像《そうぞう》が出来《でき》なかった。

「まあ、今日《きょう》、帰《かえ》ったらよく考《かんが》えなさい。ご両親《りょうしん》には私《わたし》から連絡《れんらく》しておこう」

ミスター・デュラスは僕《ぼく》に握手《あくしゅ》を求《もと》めると、両手《りょうて》で僕《ぼく》の右手《みぎて》をしっかりと握《にぎ》った。

校長先生《こうちょうせんせい》からの電話《でんわ》を受《う》けたお父《とう》さんとお母《かあ》さんは、特《とく》に慌《あわ》てた様子《ようす》もなく、この事態《じたい》を僕《ぼく》に軽《かる》く一任《いちにん》した。

僕《ぼく》は、自分《じぶん》の勇気《ゆうき》を試《ため》されているようなプレッシャーを感《かん》じた。だから、全校生徒《ぜんこうせいと》の前《まえ》で作《さく》文《ぶん》を発表《はっぴょう》するということをグランパにもジェイソンにも相談《そうだん》しなかった。秘密《ひみつ》にしたんじゃない。自分《じぶん》で決《き》めたかったんだ。

月曜日《げつようび》、バスでジェイソンに会《あ》った時《とき》、こう言《い》った。

「今日《きょう》は僕《ぼく》の番《ばん》だよ」

ジェイソンは、目《め》を大《おお》きくして僕《ぼく》を見《み》たけれど、バスが学校《がっこう》に着《つ》いてしまったので、話《はなし》はそこまでになった。

全校集会《ぜんこうしゅうかい》の時《とき》、珍《めずら》しくミスター・デュラスが司会《しかい》をした。そして、国歌《こっか》の『アドバンス・オーストラリア・フェア』の斉唱《せいしょう》が終《お》わると、全校生徒《ぜんこうせいと》に向《む》かって話《はな》しかけた。

「学年《がくねん》の初《はじ》めにあたって、皆《みな》さんに考《かんが》えてほしいことがあります。自分《じぶん》は友達《ともだち》を大切《たいせつ》にしているかということです。それから、自分《じぶん》は友達《ともだち》にちゃんと自分《じぶん》の気持《きも》ちを伝《つた》えているかということです。最後《さいご》に、自分《じぶん》は友達《ともだち》の話《はなし》に耳《みみ》を傾《かたむ》けているかということです。

低学年《ていがくねん》には少《すこ》し難《むずか》しいね。だから、やさしく言《い》い換《か》えよう。いつも自分《じぶん》に聞《き》いてください。自分《じぶん》はみんなの良《よ》い友達《ともだち》かって」

ミスター・デュラスのよく通《とお》る声《こえ》がホールに響《ひび》いた。

「私《わたし》の話《はなし》はここまでです。今《いま》から、六年生《ねんせい》のジュンヤ・カワサキが作文《さくぶん》を読《よ》んでくれます。特《とく》に高学年《こうがくねん》の皆《みな》さんは彼《かれ》の勇気《ゆうき》をわかってくれるものと信《しん》じます」

僕《ぼく》は少《すこ》し震《ふる》えていた。マイクの前《まえ》で、こんなに大勢《おおぜい》の前《まえ》で話《はな》すなんて初《はじ》めてだった。

僕《ぼく》は震《ふる》える冷《つめ》たい手《て》で紙《かみ》を持《も》って、大《おお》きい声《こえ》で読《よ》んだ。ミスター・デュラスみたいにしゃべろうと思《おも》った。


作文《さくぶん》を読《よ》み終《お》えた時《とき》、小《ちい》さいプレップや一年生《ねんせい》の子達《こたち》も拍手《はくしゅ》してくれた。

僕《ぼく》の中《なか》では、『やってしまった』という気持《きも》ちと『やったぜ!』という気持《きも》ちが交差《こうさ》した。

そのあと、クラスに帰《かえ》ると、授業《じゅぎょう》ではなくて話《はな》し合《あ》いが行《おこな》われた。

今日《きょう》は机《つくえ》を端《はし》に片付《かたづ》け、みんなで丸《まる》くなって床《ゆか》にすわった。

先生《せんせい》が僕《ぼく》の作文《さくぶん》をもう一度《いちど》読《よ》んだ。そして言《い》った。

「今日《きょう》は皆《みな》さんに正直《しょうじき》に発言《はつげん》してもらいます。ただし、ジュンヤの勇気《ゆうき》に対《たい》し、リスペクト（敬意《けいい》）がない発言《はつげん》には私《わたし》が対処《たいしょ》します」

先生《せんせい》はいつにも増《ま》して厳《きび》しい顔《かお》をしていた。

「ジュンヤが学校《がっこう》に楽《たの》しく来《こ》られるように、私達《わたしたち》に出来《でき》ることは何《なん》ですか?」

大人《おとな》しいイザベラが手《て》を挙《あ》げた。

「ジュンヤがお願《ねが》いした三つのことをすぐにやめることです」

「それを約束出来《やくそくでき》る人《ひと》、手《て》を挙《あ》げてください」

全員《ぜんいん》が手《て》を挙《あ》げてくれた。コピーとキースはきまり悪《わる》そうに手《て》を挙《あ》げていた。本心《ほんしん》なんだろうかと思《おも》った。

「他《ほか》には?」

学級委員《がっきゅういいん》のアビーが手《て》を挙《あ》げた。

「特《とく》に、バースデーパーティーに行《い》った人達《ひとたち》は、失礼《しつれい》なことをしたと反省《はんせい》するべきです」

これにはジャスミンが黙《だま》っていなかった。

「本当《ほんとう》のことを言《い》うのが失礼《しつれい》だって言《い》うの?」

女同士《おんなどうし》の一騎《いっき》打《う》ちになる気配《けはい》を先生《せんせい》が止《と》めた。

「誰《だれ》が悪《わる》いのかではなくて、これから何《なに》が出来《でき》るのかを話《はな》しましょう。でもね、皆《みな》さん、本当《ほんとう》の気持《きも》ちって大人《おとな》になったってよくわからないものなんです。その時《とき》に言《い》いたいことを言《い》い放《はな》つことが、良《よ》いことか悪《わる》いことかは考《かんが》えられますね」

ジャスミンは下《した》を向《む》いていた。

男子《だんし》の学級委員《がっきゅういいん》のサムが手《て》を挙《あ》げた。

「僕達《ぼくたち》は、ゲームとかで一緒《いっしょ》に遊《あそ》ぶ時間《じかん》はたくさんあるけれど、気持《きも》ちを話《はな》し合《あ》う時間《じかん》があまりなかったと思《おも》います。こういう時間《じかん》をもっと持《も》つといいと思《おも》います」

さすが、クラス一のしっかり者《もの》だ。

「そうですね。自分《じぶん》の気持《きも》ちを相手《あいて》にしっかり伝《つた》える練習《れんしゅう》をする時間《じかん》が必要《ひつよう》でしたね」

先生《せんせい》はそう言《い》うと、クラス全員《ぜんいん》に聞《き》いた。

「自分《じぶん》はどんな友達《ともだち》が欲《ほ》しいのか、全員答《ぜんいんこた》えてください。アルファベット順《じゅん》にAで始《はじ》まる人《ひと》から順番《じゅんばん》に」

ほとんどの意見《いけん》が『自分《じぶん》をわかって、大事《だいじ》にしてくれる友達《ともだち》が欲《ほ》しい』だった。

「じゃあ、次《つぎ》は、自分《じぶん》はどんな友達《ともだち》になりたいかです。今度《こんど》はZから反対《はんたい》にいきます」

この意見《いけん》もほぼ一致《いっち》していた。

『相手《あいて》を思《おも》いやれる友達《ともだち》』

『相手《あいて》を理解《りかい》してあげられる友達《ともだち》』

その時間《じかん》の最後《さいご》に、先生《せんせい》はみんなに小《ちい》さいカードペーパーを配《くば》った。

「クラスの人《ひと》、誰《だれ》に宛《あ》ててもいいです。あなたが『Sorry《ソーリー》（ごめんなさい）』を言《い》いたい人《ひと》に、ひと言《こと》、メッセージを書《か》きましょう」

「何枚書《なんまいか》いてもいいですかあ？」

ジャスミンはやる気満々《きまんまん》だ。

「何枚《なんまい》でもいいです」

先生《せんせい》はちょっと苦笑《くしょう》していた。

それが終《お》わると先生《せんせい》はカードを回収《かいしゅう》し、そのカードの宛名《あてな》の人《ひと》に渡《わた》した。

僕《ぼく》にたくさん届《とど》いたのは驚《おどろ》きではなかったけれど、予想外《よそうがい》に大勢《おおぜい》が『Sorry《ソーリー》』のカードを手《て》にしていた。

「今手《いまて》にしているカードを書《か》いてくれた人《ひと》に、ひと言《こと》『Thank you《サンキュー》(ありがとう)』って言《い》いましょう。出来《でき》れば今日中《きょうじゅう》に」

その日《ひ》の休《やす》み時間《じかん》、僕《ぼく》は忙《いそが》しかった。あんなに大勢《おおぜい》と、一日《いちにち》で言葉《ことば》を交《か》わしたのは初《はじ》めてだった。

コビーは照《て》れた。そして、「今年《ことし》もバースデーパーティーに呼《よ》んでな」って言《い》った。

キースは少《すこ》し怒《おこ》ったような顔《かお》をしながら、「悪《わる》かった。よく考《かんが》えていなかった」って言《い》った。

ジャスミンは「今度《こんど》は助《たす》けてあげるね」って言《い》った。

僕《ぼく》は、学校《がっこう》から帰《かえ》ると秘密基地《ひみつきち》に走《はし》った。この時期《じき》は草《くさ》が枯《か》れているから足《あし》にまとわりつく雑草《ざっそう》もない。

「ジュンヤ、ジャスミンのヤツ、本当《ほんとう》にわかってんのかあ?」

Sorry, Junya!
I'm Sorry!
Sor

それがジェイソンの第一声《だいいっせい》だったけれど、『ごめんね』には変《か》わりない。

「ジェイソン、キミは誰《だれ》に書《か》いたの？」

「ははは、ジャスミンにだよ。『よくわからないで怒鳴《どな》って悪《わる》かった』って」

「そうだったんだ。彼女《かのじょ》も結構《けっこう》カード貰《もら》ってたよね」

「ああ、でも、うれしそうに枚数《まいすう》を数《かぞ》えているジャスミン見《み》てたらさあ、ちょっと、いいキャラクターなんだなって思《おも》ったぜ」

「そうだね」


僕《ぼく》とジェイソンのおしゃべりを聞《き》き流《なが》しながら、グランパは僕《ぼく》の作文《さくぶん》を読《よ》んでいた。

「勇気《ゆうき》で戦《たたか》ったお前《まえ》はえらいぞ。でもな、これは覚《おぼ》えておいておくれ。勇気《ゆうき》を出《だ》して戦《たたか》った時《とき》、相手《あいて》がキレる時《とき》がある。そんな時《とき》、相手《あいて》の『恐怖《きょうふ》』が『狂気《きょうき》』に変《か》わる。例《たと》えば、この状況《じょうきょう》がもっと悪《わる》くなるってことじゃ」

「それはないぜ、グランパ」

ジェイソンがいきり立《た》った。

「いや、今回《こんかい》は大丈夫《だいじょうぶ》だろう。お前《まえ》もよく考《かんが》えたし、先生達《せんせいたち》も出来《でき》がいいみたいじゃ」

「だろ？」

「でもな、覚《おぼ》えておいてほしいんじゃよ。狂気《きょうき》を見《み》たら逃《に》げなきゃいかん」

「逃《に》げるの？」

「そう、狂気《きょうき》と戦《たたか》っちゃダメなんじゃ。傷《きず》つくとわかっている戦《たたか》いはしちゃいかん」

グランパはテーブルに向《む》かって静《しず》かにそう言《い》うと、にっこりと顔《かお》を上《あ》げた。

一一　楽《たの》しいこと、うれしいこと

グランパは作文《さくぶん》をたたむと両手《りょうて》を広《ひろ》げた。

「さあ、宝《たから》はもうここにある」

「どこにあるんだよ？」

ジェイソンは、わざとテーブルの上《うえ》を見《み》た。

「わしらのポケットの中《なか》じゃ。こっそり入《はい》っとるわ」

僕《ぼく》は思《おも》わずポケットの中《なか》を探《さぐ》った。

「わしはなあ、お前《まえ》らの力《ちから》を借《か》りて、昔《むかし》の悲《かな》しみを突破《とっぱ》した。宝《たから》はここにある。仲間《なかま》とばあさんのビスケット」

グランパの笑顔《えがお》は僕《ぼく》まで笑顔《えがお》にしてくれた。

「そっかあ。それならオレもあるぜ。仲間《なかま》と自信《じしん》だ。もうママが死《し》んじゃったことでうつむいていない。ダッドが言《い》っていた、ママの魂《たましい》はオレ達《たち》と一緒《いっしょ》にいるってこと、ちょっとわかる気《き》もしてきた」

「わかる気《き》がしてきたか？　それはなあ、お前《まえ》が母親《ははおや》の死《し》っていう怪物《かいぶつ》みたいなもんと、真《ま》っ向勝負《こうしょうぶ》して勝《か》ったってことじゃ」

「勝《か》ったってさ、マムは生《い》き返《かえ》らないぜ」

「いいや、勝《か》ったってことは、お前《まえ》がそれを受《う》け入《い》れたってことさ。だから、ケイティーはお前《まえ》のここに戻《もど》ってきた。そう感《かん》じるんじゃろ？」

グランパはそう言《い》いながら、ジェイソンの胸《むね》に大《おお》きい手《て》を当《あ》てた。

ジェイソンもグランパの大《おお》きい手《て》に自分《じぶん》の手《て》を重《かさ》ねてうなずいた。

「ジュンヤも、でっかい宝《たから》を見《み》つけたな」

「うん、僕《ぼく》も見《み》つけた。仲間《なかま》と勇気《ゆうき》だよ。僕《ぼく》は自分《じぶん》を守《まも》る勇気《ゆうき》を見《み》つけた」

「そうじゃな。そしてそれはみんなわしらの宝物《たからもの》じゃよ」

笑顔《えがお》と自信《じしん》と勇気《ゆうき》。そして仲間《なかま》。

僕《ぼく》がドゥリンビルに来《き》て本当《ほんとう》に良《よ》かったたって思《おも》えた瞬間《しゅんかん》だった。

グランパは、お母《かあ》さんの作《つく》った杏《あんず》のジャムを自分《じぶん》のボウルに盛《も》ったアイスクリームにたっぷり落《お》とした。

「祝《いわ》いのアイスクリームじゃ。好《す》きなだけ食《く》っていいぞ」

二リットル入《い》りの小《ちい》さい（オーストラリアではこれは小《ちい》さい！）プラスチック容器《ようき》とガラスのボウルを僕《ぼく》らの前《まえ》に置《お》いたグランパは、山盛《やまも》りのアイスクリームをおいしそうに口《くち》に運《はこ》んだ。

オーストラリアのアイスクリーム売《う》り場《ば》には、この世《よ》のものとは思《おも》えないほど大《おお》きいバケツ入《い》りのアイスクリームも売《う》られているけれど、あれも日本では見《み》たことがないな。それに、日本人《じん》はあんなに食《た》べたら絶対《ぜったい》にお腹《なか》を壊《こわ》す。

この時《とき》だって、僕《ぼく》の目《め》はグランパの食《た》べっぷりにまん丸《まる》になっていたはずだ。

そんなことには一切《いっさい》お構《かま》いなく、グランパが言《い》った。

「あとは、この宝《たから》をどういうふうに使《つか》うかじゃな」

「使《つか》うって?」

僕《ぼく》の質問《しつもん》にグランパは続《つづ》けた。

「使《つか》わんかったら意味《いみ》ないわい」

「そっかあ。日本語《ご》でね『宝《たから》の持《も》ち腐《ぐさ》れ』って言葉《ことば》があるよ。この間読《あいだよ》んだ本《ほん》にあった。宝《たから》をただ持《も》ってて使《つか》わないと腐《くさ》るってことだと思《おも》う」

「それじゃよ。だからちゃんと使《つか》うんじゃ。何《なに》に使《つか》うかのお?」

「グランパといると、休《やす》めないぜ。ちょっとはのんびりさせてくれよ」

ジェイソンがアイスクリームのスプーンを奥歯《おくば》でかじってみせた。

「なに、難《むずか》しい話《はなし》じゃない。お前達《まえたち》の楽《たの》しいって思《おも》うことやうれしくなることに使《つか》えばいいんじゃよ」

「楽《たの》しいことかあ?」

「みんなと一緒《いっしょ》にする楽《たの》しいことじゃ。楽《たの》しいことはクリークのほとりの穴《あな》の中《なか》やシェッドの屋根《やね》の上《うえ》にあるだけじゃない。学校《がっこう》から楽《たの》しい話《はなし》を持《も》って帰《かえ》って聞《き》かせておくれ。その代《か》わりにわし特製《とくせい》のビスケットをごちそうしてやるぞ」

「じゃあ、焦《こ》がすなよ、グランパ」

ジェイソンは、笑《わら》うとクリークの方《ほう》に駆《か》け出《だ》した。そして、僕《ぼく》とルーシーに向《む》かって口笛《くちぶえ》を吹《ふ》いた。

学校《がっこう》から恐怖《きょうふ》は消《き》えていた。

始《はじ》めの頃《ころ》こそ、同《おな》じ間違《まちが》いをしないように、受《う》け答《こた》えの仕方《しかた》に神経《しんけい》を使《つか》っていたけれど、相《あい》手《て》の気持《きも》ちに精一杯心《せいいっぱいこころ》を傾《かたむ》けているうちに、僕《ぼく》の言葉《ことば》は伸《の》びやかになっていった。

秋《あき》が見《み》えてきた。三月一日《がっついたち》、朝《あさ》の出欠《しゅっけつ》を取《と》り終《お》わると、ミセス・ピアソンが言《い》った。

「ジェイソン、前《まえ》にいらっしゃい。今日《きょう》はあなたのバースデーね」

僕《ぼく》は知《し》らなかった。だってジェイソンはそんな話《はなし》をしなかったから。

みんなでハッピーバースデーの歌《うた》を歌《うた》って二回手《かいて》を打《う》った。

ジェイソンは、照《て》れくさそうに笑《わら》った。

「キミのバースデー、今日《きょう》だったんだね。おめでとう」

ジェイソンは、「Thanks《サンクス》(ありがと)」って軽《かる》く言《い》った。

僕《ぼく》は、ジェイソンのバースデーパーティーはどうなっているのか、午前中《ごぜんちゅう》ずっと考《かんが》えてた。でも、聞《き》くことは出来《でき》なかった。お母《かあ》さんのケイティーはもういないし、お父《とう》さんのスティーブンは忙《いそが》しい。おまけに、スティーブンとグランパときたら、料理《りょうり》はからきしダメだったから。今晩《こんばん》、近所《きんじょ》で買《か》ってきたフィッシュ&チップスとかでお祝《いわ》いするのだろうと思《おも》った時《とき》、さされやかな暖《あたた》かさと共《とも》に、さびしさが心《こころ》をかすめた。

でも、『みんなで一緒《いっしょ》にする楽《たの》しいこと』は、そこにあったんだ。

放課後《ほうかご》、スクールバッグをベッドの上《うえ》に放《ほう》り投《な》げると、僕《ぼく》はファームをつっ切《き》って基地《きち》に向《む》かった。

宝探《たからさが》しが始《はじ》まってから、お母《かあ》さんは僕《ぼく》にいろいろうるさく言《い》わなくなった。通信教育《つうしんきょういく》は続行《ぞっこう》だったけれど、勉強《べんきょう》の時間《じかん》は晩《ばん》ご飯《はん》のあとでもいいことになった。オーストラリアのテレビは恐《おそ》ろしくつまらないから、七時《じ》から勉強《べんきょう》するのは、寝《ね》るまでのいい時間《じかん》つぶしにもなるんだ。

グランパは、トラクターをシェッドにしまっているところだった。

「オーイ、グランパ。ジェイソンが来《く》る前《まえ》に聞《き》きたいことがあるんだ」

「何《なん》じゃ、秘密《ひみつ》か？」

グランパはいたずらっ子《こ》のような顔《かお》をして言《い》った。

「そうじゃないけどさあ、ねえ、ジェイソンのバースデーのお祝《いわ》いはどうするの？」

「ヤツのリクエストでな、スティーブンと共同出資《きょうどうしゅっし》でマウンテンバイクを買《か》ってやったよ。要《よう》求《きゅう》がでかくて参《まい》る」

僕《ぼく》は、マウンテンバイクの話題《わだい》に思《おも》わず引《ひ》きずり込《こ》まれそうになったけれど、こらえた。

「ふうん、パーティーとかはしないんだ」

「ああ、そういえば、小《ちい》さい頃《ころ》、パーティーの様子《ようす》を写《うつ》した写真《しゃしん》を見《み》せられたことがあったがの。あれはいつだったか」

「僕《ぼく》らで、やってあげようか？」

「さてな、それはどうかの？　第一《だいいち》、ジェイソンがバースデーパーティーをやりたいのかどうかもわからん。ヤツは元々社交的《もともとしゃこうてき》じゃないぞ」

少《すこ》し気抜《きぬ》けした僕《ぼく》を見《み》てグランパが続《つづ》けた。

「サプライズはな、相手《あいて》の気持《きも》ちがわかってないと厄介《やっかい》じゃ」

「そうだね。じゃあ、どうしようか？」

「わからないなら、聞《き》いたらいい。そうじゃないのか？」

「だよね」

「ほら、ルーシーが向こうへ走《はし》っていった。ヤツが来《く》るぞ」

遠《とお》くからジェイソンが新《あたら》しい自転車《じてんしゃ》に乗《の》ってくるのが見《み》えた。流線型《りゅうせんけい》のヘルメットをかぶって、立《た》ち上《あ》がって漕《こ》いでいた。

「オー、ジュンヤ、新車《しんしゃ》だぞお！」

ジェイソンは、僕《ぼく》の前《まえ》でザッとブレーキをかけると、ピカピカのマウンテンバイクをなでながら言《い》った。

「すっごいなあ。かっこいいなあ」

僕《ぼく》は、ため息《いき》をついた。

「最高《さいこう》のバースデープレゼントだね」

「まあな。でも、交渉成立《こうしょうせいりつ》には時間《じかん》がかかったよ」

「僕《ぼく》も今《いま》から交渉《こうしょう》に入《はい》ろうかな」

「ああ、早《はや》ければ早《はや》い方《ほう》がいいぜ」

ひとしきりマウンテンバイクをなで回《まわ》したあと、僕《ぼく》は聞《き》いてみた。

「ジェイソン、バースデーパーティーはやらないの？」

「興味《きょうみ》ない、かな」

「そっか。でも、どうして？」

「習慣《しゅうかん》かな。ずいぶん前《まえ》からやってないから」

素《そ》っ気《け》ない言《い》い方《かた》だった。

「僕《ぼく》はさあ、何《なに》か楽《たの》しいことを企画《きかく》したかったんだ。けど、キミが楽《たの》しめなきゃ意味《いみ》ないし」

「ありがとよ。でも、ハッピーバースデーなんて歌《うた》ってよ、手《て》を叩《たた》かれるのは、学校《がっこう》だけでたくさんだぜ。幼稚園《ようちえん》じゃないんだからよ」

同《おな》い年《どし》なのに、ジェイソンはいつだって少《すこ》しだけ大人《おとな》びている。

僕《ぼく》らは、マウンテンバイクに交代《こうたい》で乗《の》りながらクリークに向《む》かった。ルーシーは全速力《ぜんそくりょく》で追《お》ってきた。

その僕《ぼく》らの目《め》の前《まえ》で、子《こ》どものウォンバットが穴《あな》から顔《かお》を出《だ》した。人間《にんげん》の気配《けはい》に気《き》が付《つ》いたのか、いったん止《と》まったけれど、ぺちゃんこの鼻《はな》を動《うご》かすとそのまま通《とお》り過《す》ぎていった。近《ちか》くで見《み》ると、『ウォンバット』がアボリジニの言葉《ことば》で『平《たい》らな鼻《はな》』っていう意味《いみ》なのがよくわかった。

「かわいいよなあ。オレさあ一度《いちど》でいいから、ウォ

ンバットの赤《あか》ん坊《ぼう》がカンガルーみたいに母親《ははおや》のお腹《なか》の袋《ふくろ》から顔出《かおだ》してるところ見《み》てみたいなあ。でも、寒《さむ》くなったら大人《おとな》のウォンバットだってなかなか見《み》られなくなるな」

「そうだね。ねえ、じゃあ、日曜日《にちようび》にみんなにも見《み》せてあげようか？」

「はは、それ、お前《まえ》の企画《きかく》？　みんなでウォンバットツアー。うん。でも、楽《たの》しいかもな」

ジェイソンは、トビーみたいに僕《ぼく》を見《み》た。

僕《ぼく》は、次《つぎ》の日《ひ》数人《すうにん》に声《こえ》をかけてみた。その数人《すうにん》がまた他《ほか》の数人《すうにん》に声《こえ》をかける感《かん》じで、この企《き》画《かく》はあっという間《ま》に広《ひろ》まった。

『日曜日《にちようび》の夕方《ゆうがた》、ジェイソンのおじいちゃんのファームで、ウォンバットツアーがあるんだって』

男子《だんし》八人《にん》と女子《じょし》が三人《にん》、僕《ぼく》とジェイソンを入《い》れて総勢《そうぜい》一三人《にん》が集《あつ》まった。

僕《ぼく》らは、グランパから水《みず》の入《はい》ったペットボトルとビスケットを渡《わた》され、スティーブンに連《つ》れられてクリークに向《む》かった。まだ外《そと》は明《あか》るいのに、ジェイソンはヘッドライトをつけていた。

「大勢《おおぜい》でいるとウォンバットは警戒《けいかい》するからね、お互《たが》いが見《み》える範囲《はんい》で、グループになって隠《かく》れておいで」

スティーブンは僕《ぼく》らを適当《てきとう》に分《わ》けると、隠《かく》れる場所《ばしょ》を指示《しじ》した。

僕《ぼく》は、ベンとサムと一緒《いっしょ》だった。この二人《ふたり》とは普段《ふだん》ほとんど話《はなし》をする機会《きかい》はなかったけれど、隠《かく》れている時間《じかん》は結構退屈《けっこうたいくつ》で、僕《ぼく》らはとりとめもなくおしゃべりをした。

僕《ぼく》はベンも野生動物《やせいどうぶつ》に興味《きょうみ》があるのを知《し》らなかったし、学級委員《がっきゅういいん》のサムが、家《いえ》に帰《かえ》ると姉《ねえ》さん達《たち》に頭《あたま》が上《あ》がらないってことも初《はじ》めて知《し》った。

僕《ぼく》らがしゃべっていたからか、ウォンバットは姿《すがた》を見《み》せなかった。でも、カンガルー達《たち》はいつものように茂《しげ》みから顔《かお》を出《だ》してはとび去《さ》っていったし、ユーカリの木《き》の上《うえ》で丸《まる》まっているコアラも見《み》ることが出来《でき》た。そして、スティーブンが帰還《きかん》の指示《しじ》を出《だ》し、シェッドに戻《もど》る時《とき》、みんなは満足《まんぞく》した様子《ようす》の笑顔《えがお》だった。

シェッドに戻《もど》ると、グランパが椅子《いす》代《が》わりのリンゴの箱《はこ》を外《そと》に出《だ》し、ドラム缶《かん》に火《ひ》をおこしていた。

「この時期《じき》の本格的《ほんかくてき》なたき火《び》は、山火事《やまかじ》のことを考《かんが》えるとちょっとヤバいからな、ミニバージョンじゃ。小枝《こえだ》にマシュマロを刺《さ》しておいたから、みんなで焼《や》いて食《く》おう！」

僕《ぼく》らのほっぺたは、たき火《び》の熱《ねつ》で火照《ほて》っていた。

ジャスミンが、突然《とつぜん》ハッピーバースデーを歌《うた》い始《はじ》めると、みんな一斉《いっせい》に歌《うた》い出《だ》した。

僕《ぼく》はちょっと焦《あせ》ったけれど、ジェイソンを見《み》ると、彼《かれ》もおどけて歌《うた》っていた。幼稚園児《ようちえんじ》のようだった。

次《つぎ》の週《しゅう》、クラスでウォンバットツアーのことが話題《わだい》になると、来《こ》られなかったクラスメイト達《たち》がすごく残念《ざんねん》がった。

そんなみんなを見《み》ながら、ジェイソンは「夏《なつ》になったら、またやろう」って笑《わら》った。


四月《がつ》のイースターの休《やす》みはすぐにやってきた。

僕《ぼく》はお父《とう》さんの出張《しゅっちょう》にくっ付《つ》いて、クイーンズランド州《しゅう》のキャロットファームに行《い》った。そう、トビー達《たち》に会《あ》いに。

六歳年上《さいとしうえ》のトビーはハイスクールの卒業《そつぎょう》をひかえ、大学《だいがく》に行《い》くかどうかっていう、僕《ぼく》にとっては遠《とお》い未来《みらい》の話《はなし》をしていた。

二歳上《さいうえ》のジャックだってすっかり大人《おとな》に見《み》えた。僕《ぼく》も、もうちょっとしたら大人《おとな》になるんだなって思《おも》った。

アランは、好《す》きな女《おんな》の子《こ》の話《はなし》をしてくれた。

「ジュンヤはガールフレンドもう出来《でき》た？　僕《ぼく》はね、前《まえ》は五年生《ねんせい》の子《こ》とつき合《あ》っていたんだけど、今《いま》は別《わか》れちゃったんだ」

こちら方面《ほうめん》の未来《みらい》は、僕《ぼく》にはまだ想像《そうぞう》も出来《でき》ないよ。

僕《ぼく》には楽《たの》しい話《はなし》がいっぱいあった。新《あたら》しい友達《ともだち》、ウォンバットの生息地《せいそくち》、それに、グランパとルーシー。

いじけて殻《から》に閉《と》じこもっていたことが、遠《とお》い日《ひ》のことに思《おも》えた。

「ジュンヤ、お前《まえ》のバースデーは次《つぎ》のスクールホリデーの時《とき》だったよな？」と、トビーが聞《き》いた。

「うん。一二歳《さい》になるんだ」

「じゃあ、またここに来《く》るか？　ダッドが来月《らいげつ》大《おお》きいボートを買《か》うんだ。七月《がつ》はみんなで島《しま》に行《い》く。最高《さいこう》のバースデーになるぞ」

ドキンと心《こころ》が動《うご》いた。

でも、僕《ぼく》は言《い》った。

「今年《ことし》はダメだな。ちょっとやることがあるんだ」

それからというもの、僕《ぼく》の頭《あたま》は誕生日《たんじょうび》のことでいっぱいだった。悪夢《あくむ》の始《はじ》まりが、去年《きょねん》の誕《たん》生会《じょうかい》だったから。

六月《がつ》に入《はい》ると、僕《ぼく》は落《お》ち着《つ》かなくなった。（じゃあ、バースデーパーティーなんてなしにするか？）って、思《おも》ってみたけれど、それじゃ、ダメな気《き》がした。

「ねえ、お父《とう》さん。また、誕生会《たんじょうかい》やってくれる？」って恐《おそ》る恐《おそ》る聞《き》いてみた。

だって、お父《とう》さんは、あの日一番《ひいちばん》ショックを受《う》けたはずだから。

でも、お父《とう》さんは大《おお》きな笑顔《えがお》で応《こた》えてくれた。

「ああ、もちろんさ。たくさん友達《ともだち》を連《つ》れておいで。でも、お前《まえ》も六年生《ねんせい》だ。今回《こんかい》は自分《じぶん》で企《き》画《かく》してごらん。お父《とう》さんとお母《かあ》さんはお手伝《てつだ》いだ」

「うん、考《かんが》えてみる」

それからというもの、基地《きち》での話題《わだい》は僕《ぼく》の誕生日《たんじょうび》の企画《きかく》になっていった。

「楽《たの》しけりゃいいんだよ。気楽《きらく》に考《かんが》えてみろよ。お前《まえ》が何《なに》をしたいかだよ」

屋根《やね》の上《うえ》に寝転《ねころ》びながらジェイソンが言《い》った。

「うーん、この間《あいだ》さあ、ドラム缶《かん》でたき火《び》した時《とき》、グランパが本格的《ほんかくてき》なたき火《び》はヤバいって言《い》っただろ?」

「ああ、あの時《とき》はまだ乾燥《かんそう》してたからな」

「七月《がつ》なら、冬《ふゆ》だから大丈夫《だいじょうぶ》だよね? あ、でも、雨《あめ》も多《おお》いか?」

「毎日降《まいにちふ》ってるわけじゃないさ。集《あつ》まる日《ひ》は天気予報《てんきよほう》で決《き》めればいい。別《べつ》に誕生日当日《たんじょうびとうじつ》にこだわる必要《ひつよう》もないだろ?」

「ジェイソン! キミ、頭《あたま》いいんだね!」

「バカだと思《おも》ってたんだろ?」

ジェイソンはそう言《い》うと、僕《ぼく》の膝《ひざ》を蹴《け》った。

僕《ぼく》のバースデー企画《きかく》の紙《かみ》は、クラス全員《ぜんいん》に配《くば》った。来《こ》られる人《ひと》だけ声《こえ》をかけてほしいと言《い》って。

企画《きかく》も前《まえ》もって伝《つた》えた。

『たき火《び》を囲《かこ》みながら、みんなで星《ほし》を見《み》られたらいいと思《おも》います。

パーティーフードは、ミートパイとソーセージロール、それから、フライドチキンののり巻《ま》きの予定《よてい》です。（各自《かくじ》、たき火《び》しながら食《た》べたいものがあったら、何《なん》でも持《も》ってきて）

バースデーケーキはお楽《たの》しみ！

薪《たきぎ》の山《やま》を作《つく》るのを手伝《てつだ》ってくれる人《ひと》は、お昼過《ひるす》ぎに僕《ぼく》の家《いえ》に来《き》てください。

たき火《び》は五時《じ》に始《はじ》まります。

ただし、雨《あめ》だったら延期《えんき》！』

「お前《まえ》、将来《しょうらい》、宴会部長《えんかいぶちょう》になれるぞ！」

お父《とう》さんがほめてくれた。

当日《とうじつ》、二時《じ》を回《まわ》った頃《ころ》、コビーがお父《とう》さんに送《おく》られてきた。

「やあ、はじめまして。ブライアンです。この間切《あいだき》り落《お》とした太《ふと》い枝《えだ》がいっぱいあったんで、乾《かわ》かして持《も》ってきたよ。薪《たきぎ》を組《く》む土台《どだい》になると思《おも》ってね。どれ、ジュンヤのお父《とう》さんにも手《て》伝《つだ》ってもらうかな」

そう言《い》ったかと思《おも》ったら、コビーのお父《とう》さんはトラックの荷台《にだい》に飛《と》び乗《の》った。

コビーはバランス良《よ》く枝《えだ》を組《く》み立《た》てる方法《ほうほう》を教《おし》えてくれた。お父《とう》さんを手伝《てつだ》って重《おも》い枝《えだ》を引《ひ》きずるコビーは、とっても生《い》き生《い》きしていた。

それからは、男子《だんし》が次々《つぎつぎ》やってきた。そのほとんどが、秋《あき》の終《お》わりに伐採《ばっさい》した枝《えだ》をトレーラーに積《つ》んで、お父《とう》さんの車《くるま》で引《ひ》っ張《ぱ》ってきたのには、みんなして笑《わら》ってしまった。

女子《じょし》はあとからお菓子《かし》を持《も》ってきた人《ひと》が多《おお》かったけど、ジャスミンが特大《とくだい》の懐中電灯《かいちゅうでんとう》を持《も》っていたのにも笑《わら》った。

山《やま》のように薪《たきぎ》を積《つ》んだたき火《び》は、冬《ふゆ》の夜《よる》を明《あか》るく照《て》らした。

僕《ぼく》らは、大《おお》きな炎《ほのお》を見上《みあ》げながら、トマトソースをかけたミートパイやソーセージロールをほおばり、冷《つめ》たいジュースを飲《の》んだ。寒《さむ》い夜《よる》、僕《ぼく》らの周《まわ》りはアイスクリームも溶《と》けそうに熱《あつ》かった。

はしゃぐと危《あぶ》ないからって、シェッドに監禁《かんきん》されていたはずのルーシーも、いつの間《ま》にかみ

んなの周《まわ》りをかぎ回《まわ》って、下《した》に落《お》ちたミートパイを楽《たの》しんでいた。

たき火《び》の炎《ほのお》が落《お》ち着《つ》いてくると、辺《あた》りは闇《やみ》に包《つつ》まれ、星《ほし》が僕《ぼく》らに近《ちか》くなった。

薪《たきぎ》を組《く》んでいた何人《なんにん》かのお父《とう》さん達《たち》もまだそこにいて、大人《おとな》のグループでビールを飲《の》んでいた。

突然《とつぜん》、コビーのお父《とう》さんが僕《ぼく》らに仰向《あおむ》けに寝転《ねころ》がるように言《い》った。

そして、星《ほし》の位置《いち》を確《たし》かめながら、宇宙《うちゅう》の話《はなし》をしてくれた。

ルーシーもジェイソンのお腹《なか》に乗《の》っかって、静《しず》かに聞《き》いていた。

最後《さいご》にお母《かあ》さんの作《つく》ったケーキが登場《とうじょう》した。今年《ことし》はウォンバットの顔《かお》を形作《かたちづく》ったチョコレートのケーキだった。

たき火《び》の消《き》えかかった薄闇《うすやみ》の中《なか》で、ケーキにキャンドルが灯《とも》ると、みんながハッピーバースデーの歌《うた》を歌《うた》ってくれた。


クラスメイトが次々《つぎつぎ》と帰《かえ》っていくと、お父《とう》さんが、スティーブンとグランパと一緒《いっしょ》に、火《ひ》の始末《しまつ》を始《はじ》めようとしていた。

僕《ぼく》は、慌《あわ》てて自分《じぶん》の部屋《へや》に駆《か》け込《こ》み、靴箱《くつばこ》に隠《かく》してあった去年《きょねん》の誕生会《たんじょうかい》の『お詫《わ》びカード』の束《たば》を持《も》って出《で》ると、それを残《のこ》り火《び》の中《なか》に投《な》げ込《こ》んだ。

火《ひ》は一瞬《いっしゅん》大《おお》きくなり、やがて静《しず》まった。

「淳也《じゅんや》、邪魔《じゃま》するな。誕生会《たんじょうかい》は終《お》わったんだぞ」

お父《とう》さんに小言《こごと》を言《い》われる僕《ぼく》に、グランパは親指《おやゆび》をグッと立《た》てて見《み》せた。


あのたき火《び》のあと、ずいぶんたってから、グランパは僕《ぼく》らに聞《き》いた。

「学校《がっこう》は楽《たの》しいか?」

僕《ぼく》らはただ首《くび》を縦《たて》に振《ふ》った。

「お前《まえ》らは、わしらのお宝《たから》を上手《じょうず》に使《つか》っているようじゃな」

「使《つか》ってるって? そんな実感《じっかん》はないぜ」

「うん、そのうちに考《かんが》えてちゃんと使《つか》おうと思《おも》ってるけどね」

「バカじゃなあ。ちゃんと使《つか》っとるから、お前達《まえたち》の笑顔《えがお》がここにあるとは思《おも》わんのか?」

一二　日本に帰《かえ》る時《とき》

やっと居心地《いごこち》の良《よ》さを手《て》に入《い》れたのに、翌年《よくとし》みんなが行《い》くハイスクールに僕《ぼく》はいないことがわかった。

一〇月《がつ》の終《お》わり頃《ごろ》、お父《とう》さんが珍《めずら》しく早《はや》い時間《じかん》に帰宅《きたく》していた。そして、晩《ばん》ご飯《はん》の前《まえ》に重大《じゅうだい》発表《はっぴょう》があった。お父《とう》さんは日本の本社《ほんしゃ》に戻《もど》ることになったんだ。

お母《かあ》さんはうれしそうでもあり、戸惑《とまど》っているようでもあったけれど、その戸惑《とまど》いは僕《ぼく》の学《がっ》校《こう》のことだと思《おも》った。

僕《ぼく》は、大好《だいす》きなスパゲッティーミートソースも食《た》べずに部屋《へや》に閉《と》じこもった。

帰国《きこく》がイヤだったんじゃない。同《おな》じハイスクールに行《い》かないクラスメイトだって何人《なんにん》もいる。メルボルンとかのシティーの名門校《めいもんこう》に行《い》く友達《ともだち》は、中一《ちゅう》からひとりで寄宿舎《きしゅくしゃ》に入《はい》るんだ。わかってはいたけれど、日本での中学校生活《ちゅうがっこうせいかつ》なんてコミックでしか見《み》たことがない。僕《ぼく》は怖《こわ》かった。

久々《ひさびさ》の恐怖感《きょうふかん》だった。僕《ぼく》は、ブラックウッドの箱《はこ》を開《あ》けてみた。木《き》の匂《にお》いが鼻《はな》をかすめた。

ブラックウッドの箱《はこ》の中《なか》にある宝物《たからもの》『笑顔《えがお》と自信《じしん》と勇気《ゆうき》』は仲間《なかま》と見《み》つけた。でも、その仲《なか》間《ま》は日本にはいない。

一月《がつ》の初《はじ》め、競馬《けいば》のメルボルンカップの日《ひ》は祝日《しゅくじつ》で、みんなで集《あつ》まってバーベキューをしながらレース観戦《かんせん》をした。

その時《とき》に、お父《とう》さんがグランパやスティーブンに帰国《きこく》することを正式報告《せいしきほうこく》した。

僕《ぼく》は、ジェイソンにはどうしたらいいか相談《そうだん》していたけれど、お父《とう》さんの発表《はっぴょう》を聞《き》いて、もう変更《へんこう》なんてあり得《え》ないんだと悟《さと》った。

冷《ひ》えたソーセージをお皿《さら》に残《のこ》して撃沈《げきちん》している僕《ぼく》の肩《かた》に、グランパの大《おお》きい手《て》があった。

「心配《しんぱい》はいらんよ。ジュンヤには、楽《たの》しい時間《じかん》が待《ま》っとる。新《あたら》しい仲間《なかま》が笑顔《えがお》と自信《じしん》と勇気《ゆうき》をくれる。でもな、その逆《ぎゃく》もありじゃ。笑顔《えがお》と自信《じしん》と勇気《ゆうき》に、仲間《なかま》はもれなく付《つ》いてくる。うそだと思《おも》ったら試《ため》してみろ。それにどこにいたって、わしらはお前《まえ》の仲間《なかま》じゃよ」

一二月《がつ》に入《はい》ると、卒業《そつぎょう》に向《む》けてハイスクール訪問《ほうもん》や、日本の修学旅行《しゅうがくりょこう》のようなブッシュでのキャンプ、ルナパークへの遠足《えんそく》と、楽《たの》しい行事《ぎょうじ》のオンパレードだった。

ルナパークの入場《にゅうじょう》ゲートは、大《おお》きな口《くち》を開《あ》けたピエロみたいなMr.Moon《ミスター　ムーン》の顔《かお》だ。僕《ぼく》らはそこで写真《しゃしん》を撮《と》ってもらった。日本のディズニーランドとは比較出来《ひかくでき》ないほど小《ちい》さい遊園地《ゆうえんち》だったけれど、僕《ぼく》らはあらゆる乗《の》り物《もの》に挑戦《ちょうせん》し、笑《わら》い転《ころ》げた。先生達《せんせいたち》も一緒《いっしょ》にジェットコースターに乗《の》って歓声《かんせい》を上《あ》げた。

これが最後《さいご》なんだってわかっている楽《たの》しいことは、少《すこ》し残酷《ざんこく》なことかもしれない。だから、大人《おとな》になったって人《ひと》は次《つぎ》の約束《やくそく》をしたがるんだ。


卒業式《そつぎょうしき》は、普通《ふつう》の日《ひ》の放課後《ほうかご》に、近所《きんじょ》のパブの二階《かい》で行《おこな》われた。セレモニーというよりは、先生《せんせい》や保護者達《ほごしゃたち》とテーブルを囲《かこ》んで会食《かいしょく》をするといったカジュアルなもので、僕《ぼく》らも普段着《ふだんぎ》での参加《さんか》だ。とはいっても、みんな結構《けっこう》おしゃれをしていた。

目立《めだ》つ女子《じょし》のグループはテレビで見《み》るセレブみたいな服《ふく》を着《き》ているし、メイクだってバッチリだ。日本だったら高校生《こうこうせい》って言《い》ってもばれない感《かん》じの子《こ》もいる。

男子《だんし》だって、みんなどこから引《ひ》っ張《ぱ》り出《だ》してきたのか、シャツの上《うえ》にピンクのネクタイなんかしているヤツもいる。髪《かみ》を整髪剤《せいはつざい》で固《かた》めたり、兄《にい》さんのジャケットの腕《うで》をまくって羽織《はお》ったり、思《おも》い切《き》りおしゃれしている。

僕《ぼく》はといえば、新《あたら》しいジーンズに半袖《はんそで》のチェックのシャツ。その上《うえ》に、イヤだと言《い》ったのに、コットンのジャケットを着《き》せられた。

きっとジェイソンだって同《おな》じ感《かん》じだろう、と思《おも》っていたところに、彼《かれ》は赤《あか》いジャケットでキ

メてさっそうと入《はい》ってきた。

「誰《だれ》かと思《おも》っちゃったじゃないか。そんなジャケット見《み》たことないよ」

「オレのヨソイキさ」

僕《ぼく》も驚《おどろ》いたけど、女子《じょし》も遠巻《とおま》きに騒《さわ》いでいるよ。

最後《さいご》まで、ジェイソンは僕《ぼく》より大人《おとな》びていた。

家《いえ》の中《なか》から、僕《ぼく》らの暮《く》らしや思《おも》い出《で》が全部《ぜんぶ》ダンボール箱《ばこ》に詰《つ》められて運《はこ》び出《だ》されていった。置《お》いていく家具《かぐ》だけが、ただそこに残《のこ》っていた。

それはドゥリンビルに来《き》た時《とき》と同《おな》じように、またしてもクリスマス前《まえ》の一二月《がつ》だった。

僕《ぼく》は、引《ひ》っ越《こ》し業者《ぎょうしゃ》のトラックを見《み》ていたくなくて、シェッドに来《き》ていた。

でも、ここも全然楽《ぜんぜんたの》しくなかった。だってグランパは得意《とくい》の『普通《ふつう》』の顔《かお》をして、僕《ぼく》に事務的《じむてき》なことばかりを聞《き》いてくるんだ。

引《ひ》っ越《こ》しの荷物《にもつ》はいつ日本に着《つ》くんだとか、空港《くうこう》には何時《なんじ》までに行《い》くのかとか、その時《とき》ランチはどうするのかとか。そんなどうでもいいことばかりを、大事《だいじ》なことを話《はな》すかのように聞《き》いてきた。

ジェイソンは、ルーシーと雑巾《ぞうきん》で作《つく》ったロープで綱引《つなひ》きをしながら、しきりに日本に遊《あそ》びに来《く》る計画《けいかく》を語《かた》っている。

（こんな空回《からまわ》りする時間《じかん》なら、ない方《ほう》がいい）

僕《ぼく》はがらんとした自分《じぶん》の家《いえ》に帰《かえ》った。

お父《とう》さんはオフィスに挨拶《あいさつ》に行《い》っていていなかったけれど、お母《かあ》さんが床《ゆか》に寝袋《ねぶくろ》を置《お》いて楽《たの》しそうにキャンプごっこの準備《じゅんび》をしていた。

僕《ぼく》のお母《かあ》さんはいつだって楽《たの》しいんだ。何《なん》でも楽《たの》しくなる宝物《たからもの》を持《も》っているに違《ちが》いない。

「さあ、もうベッドはなくなっちゃったからね、本日《ほんじつ》はおうちの中《なか》でキャンプ。ディナーはスティーブンのお宅《たく》にお呼《よ》ばれよ」

「もう、明日《あした》の飛行機《ひこうき》なんだから、空港《くうこう》の近《ちか》くのホテルに泊《と》まれば良《よ》かったじゃないか！　日本に遊《あそ》びに行《い》く時《とき》、何度《なんど》もそうしたじゃないか！」

「お、ただいま。でかい声《こえ》だな、淳也《じゅんや》」

お父《とう》さんが花束《はなたば》を持《も》って帰《かえ》ってきた。

明日帰《あしたかえ》るのに、どうして持《も》っていけない花束《はなたば》なんか貰《もら》ってくるんだろう。

「淳也《じゅんや》、日本に行《い》くんじゃないんだよ。帰《かえ》るんだ。だから、最後《さいご》の日《ひ》は大切《たいせつ》なんだ」

お父《とう》さんは珍《めずら》しく厳《きび》しい顔《かお》だった。

「最後《さいご》の日《ひ》に皆《みな》さんにきちっとご挨拶《あいさつ》して、静《しず》かにここでの時間《じかん》を振《ふ》り返《かえ》ることは辛《つら》いかもしれないけどな、大切《たいせつ》なんだ」

「引《ひ》っ越《こ》しにも勇気《ゆうき》がいるんだね」

「そうだな。笑顔《えがお》もいるぞ！」

僕《ぼく》らは笑顔《えがお》でバーベキューを囲《かこ》み、必《かなら》ず、また秘密基地《ひみつきち》に遊《あそ》びに来《く》るって何度《なんど》も約束《やくそく》した。そして、スティーブンとジェイソンと握手《あくしゅ》をして、グランパにハグして別《わか》れを告《つ》げた。何《なに》もわかっていないルーシーにも思《おも》い切《き》りハグしてあげた。ルーシーは僕《ぼく》の顔《かお》をなめた。

寝袋《ねぶくろ》に入《はい》ってもなかなか眠《ねむ》くならなかった。

僕《ぼく》は、お父《とう》さんとお母《かあ》さんを起《お》こさないようにそっと寝袋《ねぶくろ》を外《そと》に引《ひ》っ張《ぱ》り出《だ》して、星《ほし》を見《み》ながら少《すこ》しだけ泣《な》いた。

引《ひ》っ越《こ》しは、楽《たの》しいことでもうれしいことでもなかった。

メルボルンの空港《くうこう》で、お父《とう》さんが僕《ぼく》を大《おお》きいクリスマスツリーの前《まえ》に立《た》たせて最後《さいご》の写真《しゃしん》を撮《と》ろうとしたけど、僕《ぼく》は下《した》を向《む》いて首《くび》を横《よこ》に振《ふ》った。

一三　六年後《ねんご》、オーストラリアへ

一八歳《さい》になった僕《ぼく》は、あの時《とき》のあの場所《ばしょ》に立《た》っていた。六年前《ねんまえ》、プライマリースクールの卒業式《そつぎょうしき》の二日《か》あと、生《う》まれ育《そだ》ったオーストラリアに別《わか》れを告《つ》げる瞬間《しゅんかん》に時間《じかん》が巻《ま》き戻《もど》ったようだった。

南半球《みなみはんきゅう》のオーストラリアの学校《がっこう》は、真夏《まなつ》の一二月《がつ》に学年末《がくねんまつ》になるから、あの時空港《ときくうこう》はクリスマスの飾《かざ》りでいっぱいだった。サンタクロースも半袖半《はんそでは ん》ズボンで、サーフボードを持《も》って立《た》っていた。一年《ねん》で一番楽《いちばんたの》しいシーズンのはずなのに、あの年《とし》、僕《ぼく》ら家族《かぞく》は冬《ふゆ》の日本に帰《かえ》るため、引《ひ》っ越《こ》しの準備《じゅんび》でクリスマスツリーを飾《かざ》ることもなかった。

故郷《こきょう》に帰《かえ》る両親《りょうしん》にとっては、喜《よろこ》びの気持《きも》ちが混《ま》じった帰国《きこく》だったかもしれない。けれど、僕《ぼく》にとって生《う》まれ育《そだ》ったオーストラリアを離《はな》れることは不安《ふあん》でしかなかった。

でも、一八歳《さい》になった僕《ぼく》に、あの時《とき》の不安《ふあん》はもう押《お》し寄《よ》せてはこなかった。なつかしさだけが心地《ここち》いい。

僕《ぼく》は寝袋《ねぶくろ》をくくり付《つ》けたバックパックを背負《せお》い直《なお》し、人影《ひとかげ》がまばらになってきた到着《とうちゃく》ロビーをまっすぐにつっ切《き》った。

日本ではこれから桜《さくら》が咲《さ》く三月《がつ》の末《すえ》、オーストラリアは秋《あき》に向《む》かう。星《ほし》が光《ひか》る空《そら》からは冷気《れいき》が降《お》りていた。

そこから二階建《にかいだ》てのスカイバスに乗《の》って、メルボルン市内《しない》のサザンクロス駅《えき》に来《き》た。ここから夜明《よあ》けと共《とも》に、長距離《ちょうきょり》バスでドゥリンビルの町《まち》を目指《めざ》すんだ。

『ドゥリンビル』は、オーストラリア先住民族《せんじゅうみんぞく》のアボリジニの言葉《ことば》で『まるい丘《おか》』っていう意味《いみ》だって、最初《さいしょ》に僕《ぼく》に教《おし》えてくれたのは親友《しんゆう》のジェイソンだった。

僕《ぼく》はあの町《まち》で小学校《しょうがっこう》を卒業《そつぎょう》すると同時《どうじ》に、両親《りょうしん》と日本に帰《かえ》ったけれど、ジェイソンはその後《ご》もずっとあの町《まち》で暮《く》らし、去年《きょねん》の一二月《がつ》にハイスクールを卒業《そつぎょう》した。そして僕《ぼく》は一週間前《しゅうかんまえ》の三月《がつ》一九日《にち》に東京《とうきょう》の高校《こうこう》を卒業《そつぎょう》した。

離《はな》ればなれになって、別々《べつべつ》の時間《じかん》を過《す》ごしながらも、僕《ぼく》らはお互《たが》いになんとか近況《きんきょう》を知《し》らせ合《あ》うことも、スカイプで顔《かお》を見《み》ながらしゃべることも出来《でき》た。でも、連絡《れんらく》は急速《きゅうそく》に途絶《とだ》えがちになってしまった。

僕《ぼく》は、いくら説明《せつめい》しても、日本の中学《ちゅうがく》の様子《ようす》がジェイソンには届《とど》かないもどかしさから、塾《じゅく》のない日《ひ》にやっとスカイプがつながっても、投《な》げやりになるしゃべり方《かた》を抑《おさ》えることが出来《でき》なかった。

ジェイソンも、塾《じゅく》だの電車通学《でんしゃつうがく》だの、通勤《つうきん》ラッシュだの、最初《さいしょ》の頃《ころ》こそリアクション付《つ》きで面白《おもしろ》がっていたものの、すぐにその興味《きょうみ》は失速《しっそく》し、自分《じぶん》の話《はなし》を機関銃《きかんじゅう》のように打《う》ち出《だ》すことで、僕《ぼく》の話《はなし》をさえぎってくることも珍《めずら》しくなった。

でも、僕《ぼく》だって最低《さいてい》だった。ジェイソンの、ウォンバットの穴《あな》を見《み》つけたとか、釣《つ》りに行《い》ったとか、学校《がっこう》が終《お》わってからクリークに泳《およ》ぎに行《い》った話《はなし》なんて、だからどうしたんだよって言《い》いそうになったこともある。これには正直《しょうじき》ちょっとムカついた。

何《なに》より、僕《ぼく》が帰国《きこく》によって引《ひ》き裂《さ》かれてしまった、ルーシーやグランパにいつでも会《あ》えるジェイソンがうらやまし過《す》ぎた。

あの町《まち》はあの時《とき》のままなんだ。僕《ぼく》だけがあそこにいない。

そんな僕《ぼく》らが、お互《たが》いのきのうや今日《きょう》の話《はなし》だけで、スカイプでつながり続《つづ》けるのは無理《むり》だった。思《おも》い出話《でばなし》を薄《うす》く伸《の》ばして繰《く》り返《かえ》すのが唯一《ゆいいつ》の安全策《あんぜんさく》だったけれど、中学生《ちゅうがくせい》の男子《だんし》二人にとって、それはあまりにもむなしく絶望的《ぜつぼうてき》だった。

「なあ！　お前《まえ》が雨《あめ》の日《ひ》に蹴《け》ったボールがシェッドの屋根《やね》の上《うえ》に乗《の》っかって、それを取《と》ろうとしてはしごに上《のぼ》った時《とき》さあ」

ジェイソンがとっておきの話《はなし》をするように声《こえ》を弾《はず》ませた。画面《がめん》で動《うご》く顔《かお》も楽《たの》しげだ。

「それってさあ……ルーシーに吠《ほ》え立《た》てられて見《み》つかったって話《はなし》だったよなあ」

ジェイソンがいつも繰《く》り返《かえ》す話《はなし》に、僕《ぼく》は退屈《たいくつ》を隠《かく》し忘《わす》れた。はあ……どうして僕《ぼく》は「ルーシーに吠《ほ》えられて見《み》つかっちゃったよな！」と、楽《たの》しげに乗《の》っかれなかったんだろう。

両方《りょうほう》の画面《がめん》に映《うつ》る沈黙《ちんもく》は電話《でんわ》のそれよりずっと痛《いた》い。僕《ぼく》がつぶした会話《かいわ》だ。僕《ぼく》が何《なん》とかしないといけなかった。

でも、焦《あせ》って出《で》た言葉《ことば》は本心《ほんしん》と現実《げんじつ》のコラボレーション。

「スカイプ、ネタ切《ぎ》れだね」

「……オレもそう思《おも》う。な、ジュンヤ、オレ達《たち》は大丈夫《だいじょうぶ》だよ。こんなもんにしがみつかなくったって、ずっと友達《ともだち》だよ。だから……」

「だから？」

「もっと、ワクワクすることしようぜ」

「はあ？　ワクワクって、僕《ぼく》は東京《とうきょう》でキミの言《い》うところの二つ目《め》の学校《がっこう》『塾《じゅく》』にまで通《かよ》ってんだよ！　全部《ぜんぶ》やめて、そこへ戻《もど》れってこと？」

「大丈夫《だいじょうぶ》だ。学校《がっこう》は二つ通《かよ》える。がんばれ！」

「ジェイソン、ふざけるなよ」

「なあ、ジュンヤ、大人《おとな》になったら、っていうかさ、ハイスクール卒業《そつぎょう》するまでにいっぱいネタをためておいて、で、一緒《いっしょ》にシェッドの屋根《やね》の上《うえ》でぶちまけようぜ。寝袋《ねぶくろ》とか、食《く》いもんとか持《も》ってさ」

「シェッドの屋根《やね》の上《うえ》？　うん、ジェイソン、それはすごいな。ちょっとだけワクワクしてきた！」

「だろ？　オレ、卒業《そつぎょう》したらメールするよ」

「僕《ぼく》も！　ジェイソンは一二月《がつ》で学校《がっこう》を卒業《そつぎょう》するけど、日本の卒業式《そつぎょうしき》は三月《がつ》だから、その辺《へん》で決行日《けっこうび》を決《き》めよう」

「うん！　すごいな。最高《さいこう》にクールだよ！」

その時《とき》、僕《ぼく》らは連絡《れんらく》が途絶《とだ》える六年近《ねんちか》い時間《じかん》が、どんなに長《なが》いものなのかを全然《ぜんぜん》わかっていなかったと思《おも》う。

僕《ぼく》は、サザンクロス駅《えき》の前《まえ》にある二四時間営業《じかんえいぎょう》のハンバーガー屋《や》で、出来《でき》るだけゆっくり、出来《でき》るだけいっぱいフライドポテトを食《た》べ、朝《あさ》を待《ま》った。赤《あか》いプラスチックの椅子《いす》は快適《かいてき》とはいえなかったけれど、ホテル代《だい》を思《おも》えば我慢出来《がまんでき》る。店内《てんない》の蛍光灯《けいこうとう》の強《つよ》さが、外《そと》の太陽《たいよう》の光《ひかり》でバランスを取《と》り戻《もど》し始《はじ》めた頃《ころ》、僕《ぼく》はメールを再度《さいど》チェックした。

『バス停《てい》まで、オレがUTE《ユート》*で迎《むか》えに行《い》く！　じゃあ、そん時《とき》！　ジェイソンより』

一日《にち》一本《ぽん》のバスだ。時間《じかん》を間違《まちが》えることもない。僕《ぼく》はチケットと水《みず》とチェリーライプ（チョコレートバー）を買《か》ってバスに乗《の》り込《こ》み、ドライバーにドゥリンビルの町《まち》で降《お》ろしてほしいと告《つ》げた。

「旅行《りょこう》かい？　あそこにはファームしかないぞ。泊《と》まる所《ところ》のあてはあるのかい？」

ドライバーは、心配半分興味半分《しんぱいはんぶんきょうみはんぶん》で僕《ぼく》の顔《かお》をのぞき込《こ》んだ。

「ありがとう。大丈夫《だいじょうぶ》だよ。友達《ともだち》がいるんだ。僕《ぼく》はあそこの小学校《しょうがっこう》に通《かよ》った」

「そうか、どうりでお前《まえ》の英語《えいご》がパーフェクトなわけだ。寝《ね》てたら起《お》こしてやるよ。ゆっくりしてな」

僕《ぼく》は、ガラガラのバスの一番後《いちばんうし》ろの座席《ざせき》を確保《かくほ》すると、前《まえ》の座席《ざせき》の背《せ》もたれに隠《かく》れるようにして、丸《まる》まって横《よこ》になった。

市内《しない》を出《で》て三〇分《ぷん》もたつと、ユーカリの木《き》が道路沿《どうろぞ》いにひしめき、それが落《お》ち着《つ》くと地平線《ちへいせん》が続《つづ》いていく。窓《まど》から差《さ》し込《こ》む太陽《たいよう》の光《ひかり》に眠気《ねむけ》を刺激《しげき》されながら、僕《ぼく》は飛行機《ひこうき》の中《なか》で読《よ》んでいたタイムマシンの話《はなし》を思《おも》い出《だ》していた。

タイムマシンで過去《かこ》に旅《たび》する時《とき》、チェックしなければいけないことが二つある。

＊ＵＴＥ…オーストラリア英語で、小型のトラックのこと

・その過去《かこ》の時点《じてん》から現在《げんざい》まで、時間《じかん》をいかに有効《ゆうこう》に使《つか》ってきたか？
・今《いま》の心《こころ》に大《おお》きい傷《きず》がないか？

なぜなら、悲《かな》しみや空《から》っぽの時間《じかん》を抱《かか》えている人々《ひとびと》は、過去《かこ》に飲《の》み込《こ》まれてしまうことがあるからだ。そして、もう現在《げんざい》には帰《かえ》れない。でも、時間《じかん》の旅人《たびびと》が強《つよ》い心《こころ》と豊《ゆた》かな時間《じかん》を抱《かか》えていれば、タイムマシンで訪《たず》ねる過去《かこ》には未来《みらい》への大《おお》きな扉《とびら》があるはずだ。

僕《ぼく》の時間《じかん》の旅《たび》は、どっちになるんだろう。きのうの朝《あさ》、時間《じかん》に追《お》われて東京《とうきょう》の家《うち》を飛《と》び出《だ》したのが、はるか昔《むかし》のことのように思《おも》える。僕《ぼく》はずっと車窓《しゃそう》から空《そら》を見上《みあ》げていた。

一四　地平線《ちへいせん》に向《む》かって

ドゥリンビルの町《まち》が近付《ちかづ》くと、僕《ぼく》はバスの一番前《いちばんまえ》の座席《ざせき》に移《うつ》って道路《どうろ》の先《さき》を見《み》つめた。はやる気持《きも》ちが、過《す》ぎ去《さ》った時間《じかん》を受《う》け入《い》れる準備《じゅんび》をなかなかさせてくれない。

一一〇キロメートルの制限速度《せいげんそくど》が八〇キロメートルに変《か》わり、六〇キロメートルになった。町《まち》の中《なか》に入《はい》ったんだ。ずっと先《さき》に見《み》えていたぼやけた点《てん》のような光景《こうけい》がだんだん視界《しかい》の中《なか》ではっきりしてくる。バス停《てい》の脇《わき》にどっしりと根《ね》を下《お》ろしたユーカリの木《き》が見《み》える。白《しろ》いＵＴＥ《ユート》はそこに停《と》まっていた。

バスのドライバーに「サンキュー」と言《い》って外《そと》に出《で》ると、がっちりとした体格《たいかく》の、作業用《さぎょうよう》のつなぎを着《き》た青年《せいねん》が、ＵＴＥ《ユート》にもたれて立《た》っていた。

「ジェイソン、だよな?」

「ジュンヤ、おまえ、オレより背《せ》が高《たか》いのかあ！　チビだったのに」

僕《ぼく》らは肩《かた》を抱《だ》き合《あ》い、がっちり握手《あくしゅ》した。

「ジェイソン、免許持《めんきょも》ってるんだ?」

「ああ、取《と》ったばっかりだから、まだＰ《ピー》*マークが付《つ》いてるけどな」

＊Ｐマーク…自動車運転の初心者マーク。

声《こえ》もハスキーで、片手《かたて》でＵＴＥ《ユート》の鍵《かぎ》を振《ふ》り回《まわ》しているのは、僕《ぼく》の知《し》っているジェイソンじゃなかったけれど、話《はな》し始《はじ》めれば時間《じかん》はどんどん戻《もど》っていく。

「荷物《にもつ》はそれだけか？　よこせよ」

ジェイソンはバックパックを軽《かる》く荷台《にだい》に放《ほう》り込《こ》むと、僕《ぼく》に助手席《じょしゅせき》に乗《の》るように目《め》で合図《あいず》した。

なつかしい道《みち》を、ＵＴＥ《ユート》はシェッドに向《む》かって走《はし》る。

「メールではみんな元気《げんき》だって言《い》ってたけど、ルーシーは？」

「ああ、よたよたしてるけど、まあ、元気《げんき》だ。白内障《はくないしょう》が出《で》てて、よく見《み》えないみたいだけどな。でも、大型犬《おおがたけん》で一二歳《さい》なんだから頑張《がんば》ってる方《ほう》だぜ」

「お父《とう》さん、スティーブンは？」

「元気《げんき》だ。付《つ》き合《あ》っていた人《ひと》と結婚《けっこん》して、去年《きょねん》の末《すえ》に北《きた》の鉱山《こうざん》に行《い》った。やっぱり、大《おお》きな仕《し》事《ごと》がしたかったんだよな」

「じゃあ、今《いま》、別々《べつべつ》に住《す》んでるんだ」

「ああ、ダッドと住《す》んでいた家《いえ》は引《ひ》き払《はら》ったよ。で、今《いま》はグランパの所《ところ》で厄介《やっかい》になってる。でも、仲《なか》が悪《わる》いわけじゃないぜ。ダッドには本当《ほんとう》に感謝《かんしゃ》しているし、幸《しあわ》せになってもらいたい。オレだってハイスクールを卒業《そつぎょう》したんだ。もう一人前《いちにんまえ》さ。っていっても、グランパの世話《せわ》になってるけどな。オレはこのファームを継《つ》ぎたいんだ」

「そうなんだ。グランパは？」

「元気《げんき》だ。あそこに立《た》ってるよ。あとは本人《ほんにん》に聞《き》いてやってくれ。オレが全部《ぜんぶ》しゃべると怒《おこ》られる。ジュンヤが来《く》るの、すっごく楽《たの》しみにしていたからな」

グランパはシェッドの前《まえ》で大《おお》きく手《て》を振《ふ》っていた。髪《かみ》の毛《け》もヒゲもすっかり真《ま》っ白《しろ》で、本物《ほんもの》のサンタクロースのように見《み》えたけれど、姿勢《しせい》も良《よ》く元気《げんき》そうだった。

僕《ぼく》はうっかり感傷的《かんしょうてき》になってしまうのをこらえ、グランパの肩《かた》に手《て》を回《まわ》しがっちり抱《だ》き合《あ》った。

「おお、ジュンヤ、お前《まえ》、いっぱしの男《おとこ》になったのう。背丈《せたけ》なんか、わしとほとんど変《か》わらんじゃないか」

「ああ、グランパ。ここで肉《にく》ばっかり食《た》べてたせいか、中学《ちゅうがく》からどんどん背《せ》が伸《の》びて、高校《こうこう》では一番背《いちばんせ》が高《たか》かった」

「そりゃ良《よ》かった。でも、男《おとこ》には筋肉《きんにく》もいるぞ。お前《まえ》、細《ほそ》くてへなちょこじゃないか。もっと鍛《きた》えなきゃいかん」

脇《わき》で笑《わら》っていたジェイソンが口添《くちぞ》えする。

「グランパ、ジュンヤは放課後《ほうかご》も学校《がっこう》に行《い》ってたんだ。勉強《べんきょう》じゃ筋肉《きんにく》は付《つ》かないぜ」

「わかったよ。ちょっと鍛《きた》えて帰《かえ》るよ」

僕《ぼく》は、成績《せいせき》と偏差値《へんさち》に追《お》われて過《す》ごした六年間《ねんかん》を、苦笑《にがわら》いと共《とも》に振《ふ》り返《かえ》った。

「でも、グランパが変《か》わりなくて本当《ほんとう》に良《よ》かった。クリスマスカードだけじゃ実感出来《じっかんでき》なかったから」

「ありがたいことにな、年寄《としよ》りの時間《じかん》はゆっくり過《す》ぎるんじゃ。何《なに》も変《か》わっとらんよ。ただな、犬《いぬ》の時間《じかん》は結構早《けっこうはや》く過《す》ぎる」

グランパは、シェッドの中《なか》のクッションの上《うえ》で丸《まる》くなっているルーシーを指差《ゆびさ》した。

ルーシーは昼寝《ひるね》しているようだった。口笛《くちぶえ》を吹《ふ》いてみたが、聞《き》こえないらしい。

僕《ぼく》は、そっとルーシーに近付《ちかづ》き、膝《ひざ》をついてあごをさすった。すると、ルーシーはぴくりと動《うご》き、軽《かる》く伸《の》びをすると僕《ぼく》の手《て》をなめた。すると、突然立《とつぜんた》ち上《あ》がり、しっぽをちぎれんばかりに振《ふ》ると、子犬《こいぬ》が甘《あま》えるような声《こえ》を出《だ》して、僕《ぼく》の腕《うで》に前足《まえあし》を乗《の》せてきた。僕《ぼく》を見上《みあ》げるアーモンドのような目《め》は白《しろ》く濁《にご》っていたけれど、その視線《しせん》はしっかりと僕《ぼく》に向《む》けられていた。

僕《ぼく》は、はしゃぐルーシーを落《お》ち着《つ》かせるためにしばらくお腹《なか》をなでてやり、彼女《かのじょ》がもう一度《いちど》眠《ねむ》りについたのを見計《みはか》らって外《そと》に出《で》た。

「このタイミングで来《こ》られて良《よ》かったよ」

ジェイソンが言《い》った。

「え？」

「グランパはあと五〇年位大丈夫《ねんくらいだいじょうぶ》な感《かん》じだけどな、ルーシーはこの夏《なつ》を越《こ》せればラッキーだって、獣医《じゅうい》が言《い》ってた」

「そうなんだ……」。僕《ぼく》にはそれしか言《い》えなかった。


グランパがガレージの方《ほう》でクラクションを鳴《な》らした。

「こっちへ来《き》てみろ」

そこには、見慣《みな》れたトラックと、ランドクルーザー、それに、初《はじ》めて見《み》るキャラバンカーが置《お》かれていた。

「何《なん》だよこれ！」

「ははは、去年《きょねん》買《か》ったんじゃ。わしの夢《ゆめ》だった。わしはな、ファームがあったから旅行《りょこう》なんかしたことがなかった。広大《こうだい》なオーストラリアに生《う》まれたのに、この辺《あた》りしか知《し》らんのじゃ。本当《ほんとう》はもっと前《まえ》に旅《たび》に出《で》たかったんじゃが、ルーシーがシャキッとせんでな。だから、こいつを静《しず》かに送《おく》ってやってから、ここを出《で》ようと思《おも》うんじゃ」

「七〇歳《さい》超《こ》えて、キャラバンカー引《ひ》っ張《ぱ》ってひとりで大陸《たいりく》を回《まわ》るって……」

感心《かんしん》というより、僕《ぼく》はほぼ絶句《ぜっく》した。

「見《み》ておきたい場所《ばしょ》、会《あ》っておきたい人間《にんげん》がおる。ほれ、中《なか》を見《み》てみろ。すごいぞ！　ひとり暮《ぐ》らしならこれ以上《いじょう》に必要《ひつよう》なもんなんか何《なに》もない」

グランパの豪語《ごうご》する通《とお》り、キャラバンカーの中《なか》の簡易《かんい》キッチンには、冷蔵庫《れいぞうこ》にオーブンに電《でん》子《し》レンジ、ガスレンジまで付《つ》いており、大《おお》きいベッドの他《ほか》に、カウチにテーブル、テレビにエアコンまで完備《かんび》されていた。もちろんトイレとシャワーも付《つ》いている。

キャラバンパークが各地《かくち》で整備《せいび》されているオーストラリアでは、キャラバンカーを持《も》つことはそれほどの贅沢《ぜいたく》ではないし、実際《じっさい》に、家《いえ》が買《か》えない人《ひと》がキャラバンカーで生活《せいかつ》しているってこともある。そう、普通《ふつう》の生活《せいかつ》の一部《いちぶ》なんだ。でも、七〇歳《さい》もとっくに超《こ》えて、こんな冒険《ぼうけん》を考《かんが》えるとは。

ジェイソンは僕《ぼく》をちらりと見《み》て言《い》った。

「だから、オレにここを任《まか》せてくれるのかと思《おも》ったら、このファームは売《う》りに出《だ》すって言《い》うんだぜ！」

そんなバカな。ここは、僕《ぼく》らの秘密基地《ひみつきち》じゃないか。僕《ぼく》は口《くち》をぱくぱくさせたまま、グランパに抗議《こうぎ》する言葉《ことば》を探《さが》した。

「守《まも》る必要《ひつよう》のある古《ふる》いものと、若《わか》いもんの負担《ふたん》になる古《ふる》いものがある。この規模《きぼ》のファームは残念《ざんねん》ながら将来《しょうらい》の見通《みとお》しは乏《とぼ》しい。だから、わしが片付《かたづ》ける」

ジェイソンは面白《おもしろ》くなさそうな顔《かお》をしている。

「大規模《だいきぼ》のファームに雇《やと》われておった方《ほう》がつぶしも効《き》くし、リスクも少《すく》ない。人間《にんげん》らしい休暇《きゅうか》だって楽《たの》しめる」

「ほらこの通《とお》り、グランパとはバトルの最中《さいちゅう》なんだ」

ジェイソンはため息交《いきま》じりにそう言《い》うと、ふっと笑《わら》った。

「どちらにしても、今《いま》すぐにオレがこのファームを引《ひ》っ張《ぱ》っていく知識《ちしき》や力《ちから》はないんだ。だから、もう少《すこ》ししたらニュージーランドに行《い》くことになってる。すげえ規模《きぼ》の羊《ひつじ》のファームに雇《やと》ってもらえそうなんだ。そこで、グランパの言《い》う近代的《きんだいてき》なファーム経営《けいえい》を見《み》てくる」

グランパは住《す》まいの方《ほう》へ歩《ある》き出《だ》した。

「ランチにするぞ。ついてこい」

僕《ぼく》らは、何《なに》も変《か》わっていないグランパのキッチンで、冷《ひ》えた羊《ひつじ》のロースト肉《にく》をナイフで削《そ》いでパンに挟《はさ》んで食《た》べ、見覚《みおぼ》えのあるマグカップでコーヒーを飲《の》んだ。グランパはそのあと、夕方《ゆうがた》までには帰《かえ》ると言《い》いおいて、トラックで町《まち》に出《で》ていった。銀行《ぎんこう》に行《い》ったんだとジェイソンが教《おし》えてくれた。

僕《ぼく》らはファームに出《で》ると、羊《ひつじ》の群《む》れを見《み》ながら話《はなし》を続《つづ》けた。

「ジュンヤ、向《む》こうに見《み》える丘《おか》の稜線《りょうせん》を見《み》ろよ。黒《くろ》い棒《ぼう》みたいなのがずっと立《た》っているだろ？」

「ああ、あれって、木《き》……？　葉《は》っぱも枝《えだ》も見《み》えない」

「あの向《む》こうに見《み》える丘《おか》まで火《ひ》が迫《せま》ったんだ。あの丘《おか》の木《き》は焦《こ》げちまった。四年前《ねんまえ》の山火事《やまかじ》で」

「その山火事《やまかじ》、日本でもニュースでやってたから、父親《ちちおや》とインターネットでずっと状況《じょうきょう》を見《み》てた。で、被災地《ひさいち》の中《なか》にこの町《まち》の名前《なまえ》が入《はい》っていなかったから安心《あんしん》したんだ。でも、あんな所《ところ》まで火《ひ》が来《き》てたんだ」

「ここから数《すう》百キロ離《はな》れた町《まち》は全滅《ぜんめつ》しちまった。火《ひ》がな、津波《つなみ》みたいな火《ひ》が、時速《じそく》一〇〇キロメートル以上《いじょう》の速《はや》さで襲《おそ》ってきたらしい。車《くるま》のフロントガラスまで溶《と》けちまったんだぜ。その火《ひ》が、丘《おか》の稜線《りょうせん》を真《ま》っ赤《か》に走《はし》っていくのを、夜《よる》、ここからグランパと見《み》てた」

「避難《ひなん》はしなかったのかい？」

「風向《かざむ》きから考《かんが》えて、ここは危《あぶ》なくはなかったんだけどな、煙《けむり》がすごかったなあ。昼間《ひるま》は空《そら》が黄色《きいろ》いん

だぜ。逃《に》げてきたカンガルーやコアラとかの数《かず》もすごかった」

「でも、被害《ひがい》はなかったんだよな？　ここ」

「ああ、でも、グランパは結構参《けっこうまい》っちゃったんだ。遠《とお》くの町《まち》で、親《した》しくしていたファーマーの一家《いっか》が亡《な》くなった。ファームごと燃《も》えちまったんだ。その一家《いっか》だけじゃない。知《し》り合《あ》いで被害《ひがい》にあった人《ひと》が結構《けっこう》いたようだった。毎日忙《まいにちいそが》しく電話《でんわ》しては、落《お》ち込《こ》んでた」

僕《ぼく》は、あの年《とし》にも明《あか》るいクリスマスカードを送《おく》ってくれたグランパに、少《すこ》し腹《はら》を立《た》てていた。どうして、分《わ》かち合《あ》ってくれなかったんだろう、と。そして、思《おも》い直《なお》した。

(中学生《ちゅうがくせい》の僕《ぼく》が、一体《いったい》どんな支《ささ》えになれただろうか）と。

ジェイソンがバイクに乗《の》って羊《ひつじ》を囲《かこ》いに入《い》れるのを見《み》ながら、僕《ぼく》はここでの時間《じかん》も、ただ穏《おだ》やかに過《す》ぎていたわけではないんだと実感《じっかん》していた。

グランパが、大《おお》きな袋《ふくろ》をさげて帰《かえ》ってきた。

「今夜《こんや》はな、骨付《ほねつ》き肉《にく》のステーキにジャガイモのローストじゃよ！」

「誰《だれ》が作《つく》るんだよ？」

「ジェイソン、お前《まえ》じゃ」

「オレ、グランパの母親《ははおや》じゃないんだぜ。オレがここに移《うつ》ってきてから、毎日《まいにち》これなんだ、ジュンヤ。グランパが食《く》いたいもんを言《い》って、オレが作《つく》る！」

「お前《まえ》の栄養《えいよう》を考えてやってるんじゃ。文句《もんく》を言《い》うな」

グランパはそう言《い》うと、くしゃっとウインクをしてみせた。

ジェイソンがバーベキューの準備《じゅんび》を始《はじ》めると、グランパは赤《あか》ワインを抜《ぬ》いてグラスを三つ並《なら》べた。

「グランパ、日本は二十《はた》歳《ち》までお酒《さけ》はダメなんだよ」

「ここは、オーストラリアじゃ。一八歳《さい》から飲《の》み放題《ほうだい》じゃぞ」

「うん、でも、今回《こんかい》は母親《ははおや》と約束《やくそく》してきたから。お酒《さけ》と、車《くるま》の運転《うんてん》はしないって」

「そうか、マリは厳《きび》しいからのお。はっはっは。でも、そうしたら、お前《まえ》と酒《さけ》をくみ交《か》わせるのは次回《じかい》になるんじゃの。長生《ながい》きしないとな」

「すぐさ！」

「その時《とき》はな、わしのキャラバンカーを訪《たず》ねてこい」

「どうやって遠征《えんせい》しているグランパに連絡《れんらく》すればいい？」

「これじゃ。今日《きょう》、町《まち》で買《か》ってきた。これなら前《まえ》のおんぼろと違《ちが》って電波《でんぱ》が届《とど》かんことはない。インターネットだって、地図《ちず》だってすごいらしいぞ！」

グランパは最新式《さいしんしき》のスマホをかざしてみせた。

「すごいじゃん！　こんなの使《つか》えるんだ」

「いや、今《いま》はわからん。明日《あした》ジェイソンに聞《き》くんじゃ」

うーん。僕《ぼく》は母親《ははおや》にスマホ使用方法《しようほうほう》の手《て》ほどきをした時《とき》の悪夢《あくむ》を思《おも》い出《だ》して笑《わら》った。

「グランパ、そんなもんまで買《か》ってきて、旅《たび》は本気《ほんき》なんだね」

「本気《ほんき》じゃよ。やりたいことは先延《さきの》ばしにするまいってな、四年前《ねんまえ》に思《おも》ったんじゃ」

「山火事《やまかじ》の時《とき》だね」

「ジェイソンに聞《き》いたか？」

「うん」

「日本でも地震《じしん》や津波《つなみ》が来《く》るから、想像《そうぞう》は出来《でき》るじゃろ？」

「ああ」

「自然《しぜん》の猛威《もうい》の前《まえ》に、人間《にんげん》は無力《むりょく》じゃよ」

「そうだね。地震《じしん》の予知《よち》だってまだまだだよ」

グランパは僕《ぼく》にコーラの缶《かん》を手渡《てわた》し、自分《じぶん》は赤《あか》ワインを傾《かたむ》け始《はじ》めた。その横顔《よこがお》は、なつかしいグランパの優《やさ》しさと共《とも》に、ひとりの男《おとこ》の深《ふか》い表情《ひょうじょう》を見《み》せていた。

僕《ぼく》は聞《き》いてみたかった。僕《ぼく》は、グランパから見《み》て、今《いま》は大人《おとな》に見《み》えるのか、と。

「わしはな、ジュンヤ、あの山火事《やまかじ》の時《とき》に、自分《じぶん》のふがいなさを再確認《さいかくにん》したよ。あとになって本《ほん》を読《よ》んで納得《なっとく》したんじゃが、ほとんどの人間《にんげん》はな、危険《きけん》に遭遇《そうぐう》した時《とき》、こんなはずはないと思《おも》って、自分《じぶん》にとって悪《わる》い情報《じょうほう》を無視《むし》したり、無意識《むいしき》のうちに大丈夫《だいじょうぶ》だと思《おも》い込《こ》もうとするんじゃな。わしが、まさにそうじゃった。運良《うんよ》く風向《かざむ》きに助《たす》けられたが、正《ただ》しい判断力《はんだんりょく》を失《うしな》っとったよ」

「危険《きけん》を認《みと》めたくなかったんだね」

「そういうことじゃ。それで命《いのち》を失《うしな》った人間《にんげん》が、離《はな》れた町《まち》には大勢《おおぜい》おるわ」

「でも、それはふがいないことなの？　しょうがないことじゃないの？」

「言《い》い訳《わけ》は出来《でき》るがの、わしは、そんな自分《じぶん》に腹《はら》が立《た》った。わしのファームには結構《けっこう》な人数《にんずう》が避難《ひなん》しておった。で、それぞれが違《ちが》う意見《いけん》を言《い》う。

人間《にんげん》はな、ひとりでいると自分《じぶん》で判断《はんだん》し行動《こうどう》する。でも、周《まわ》りに人《ひと》がいるとその人達《ひとたち》の行動《こうどう》に左右《さゆう》されるんじゃ。で、逃《に》げるタイミングを失《うしな》ったり、危険《きけん》の中《なか》に引《ひ》き返《かえ》したりする」

「うん、学校《がっこう》でもそうだった。進学《しんがく》とかみんなはどうするんだろうってことが、すごく気《き》になって」

「わしはな、人生《じんせい》の最終《さいしゅう》ステージで、ひとりで考《かんが》え、行動《こうどう》する時間《じかん》が欲《ほ》しいんじゃ」

「かっこいいな」

「そうか？　なあ、ジュンヤ、お前《まえ》はこの旅《たび》が終《お》わったら何《なに》をするんじゃ？」

「一応《いちおう》、大学《だいがく》に行《い》く」

「ああ、そうじゃった。お前《まえ》は勉強《べんきょう》が出来《でき》たなあ」

「勉強《べんきょう》するのはそんなに嫌《きら》いじゃない。でもね、何《なん》の勉強《べんきょう》がしたいかって聞《き》かれると、特《とく》にないんだよ。だから、一応《いちおう》って言《い》ったんだ」

「で、大学《だいがく》では何《なに》を勉強《べんきょう》するんじゃ？」

「医学部《いがくぶ》に行《い》くんだ。でもね、どんなタイプの医者《いしゃ》になりたいとか、まだわからない。成績《せいせき》が良《よ》かった流《なが》れでこうなったから。今思《いまおも》えば、人《ひと》の意見《いけん》と行動《こうどう》に完全《かんぜん》に左右《さゆう》された感《かん》じだよ」

「患者《かんじゃ》はたまったもんじゃないの？」

グランパは僕《ぼく》の顔《かお》をのぞき込《こ》んだ。

グランパ、僕《ぼく》もひとりできちんと考《かんが》える時間《じかん》が必要《ひつよう》みたいだ。


「すげーじゃん。ジュンヤ、ドクターになるんだ」

ジェイソンがステーキとジャガイモとニンジンのローストが乗《の》った大皿《おおざら》を運《はこ》んできた。

「お前《まえ》の親父《おやじ》さんのキャロットファームは、もっと規模《きぼ》が大《おお》きくなって、他《ほか》の土地《とち》にも広《ひろ》がったけど、これは、ここのファームでとれたキャロットだ。お前《まえ》の住《す》んでいた家《いえ》もそのまんまだぜ。三代目《だいめ》の駐在《ちゅうざい》の日本人家族《じんかぞく》が住《す》んでるよ。明日行《あしたい》ってみよう」

僕《ぼく》らが住《す》んでいない家《いえ》を訪《たず》ねたいかどうかはわからなかったけれど、ここまで来《き》たなら見《み》ておこうと思《おも》った。

「こうやって三人《にん》で集《あつ》まると、作戦会議《さくせんかいぎ》を思《おも》い出《だ》すの」

グランパは目《め》を細《ほそ》めてご機嫌《きげん》だ。あっという間《ま》にワインが一本空《ぽんあ》きそうだ。

「ジェイソンはお酒《さけ》を飲《の》まないの？」

「オレは、コーラの方《ほう》が好《す》きかな？」

ジェイソン、その調子《ちょうし》で僕《ぼく》と一緒《いっしょ》に子《こ》どもでいてくれ。キミがどんどん先《さき》に行《い》ってしまうと、ちょっとさびしいからね。

いつの間《ま》にか、ルーシーは自分《じぶん》のえさを食《た》べ終《お》え、僕《ぼく》らのテーブルの下《した》にいた。肉《にく》のおこぼれを待《ま》っているらしい。僕《ぼく》は膝《ひざ》の上《うえ》にルーシーのあごの温《あたた》かさを感《かん》じながら、子《こ》どもの食事《しょくじ》のように時々肉《ときどきにく》をこぼした。

「ジェイソン、今日《きょう》な、銀行《ぎんこう》でいい話《はなし》があった」

「えええ！　ここが売《う》れちまったとか？」

「違《ちが》うよ。もう少《すこ》し融資《ゆうし》が受《う》けられるのとな、最低《さいてい》二年間《ねんかん》の借《か》り手《て》が見《み》つかった」

「ってことは？」

「わしは引退《いんたい》じゃ。旅《たび》に出《で》る。お前《まえ》はニュージーランドに修業《しゅぎょう》に出《で》る。でだ、二年間《ねんかん》、働《はたら》きながら考《かんが》えるんじゃ。何《なに》が一番《いちばん》いいのかを。二年間《ねんかん》の執行猶予《しっこうゆうよ》じゃ」

「それは、悪《わる》くないな。でも、オレはここが好《す》きなんだ。とっても好《す》きなんだよ」

「その言葉《ことば》はうれしいよ。でもな、仕事《しごと》っていうのは、お前《まえ》がしたいことじゃなくて、人様《ひとさま》がお前《まえ》にしてほしいことなんじゃ。それにな、『好《す》き』って気持《きも》ちはあやふやなもんじゃ」

「あやふやじゃないぜ」

「食《く》いもんで考《かんが》えてみろ。お前《まえ》が大好《だいす》きで夢中《むちゅう》になっとったタマゴの形《かたち》をしたチョコレートな、今《いま》も好《す》きか？」

「好《す》きじゃないよ」

ああ、これだ！　グランパ、調子《ちょうし》が出《で》てきた。僕《ぼく》らはいつもこうやってグランパにやり込《こ》められていた。

「好《す》きなことはな、変《か》わる時《とき》も来《く》る。それが一生好《いっしょうす》きなんだって思《おも》い込《こ》まないことじゃ。仕《し》事《ごと》っていうのは、一生毎日《いっしょうまいにち》するもんじゃからの」

「でもさあ、今何《いまなに》が好《す》きかって考《かんが》えなければ将来《しょうらい》の見通《みとお》しなんて立《た》たないぜ」

「バカじゃの。だから、『今《いま》の好《す》き』って気持《きも》ちはひとまずどこかに置《お》いておけ」

「バカとは何《なん》だよ！」

僕《ぼく》はルーシーの頭《あたま》をなでながら、笑《わら》いをこらえていた。

「ジュンヤ、好《す》き好《す》きって言《い》ってな、毎日《まいにち》、フライドポテトばかり食《く》っておったらどうなる？」

「ん？　飽《あ》きるか、病気《びょうき》になる」

「じゃあ、お前《まえ》、野菜《やさい》だのライスだの、好《す》き好《す》きって思《おも》って毎日興奮《まいにちこうふん》して食《く》っとるか？」

「ううん。習慣《しゅうかん》で普通《ふつう》に食《た》べてるよ」

「体《からだ》にいいもんは、そんな感《かん》じなんじゃ。自分《じぶん》にとっていいもんっていうのはそんな感《かん》じなんだ」

「つまんねえな」

「自然《しぜん》に長《なが》くやっていけるよう、何《なに》が自分《じぶん》にとっていい仕事《しごと》なのか考《かんが》えるんじゃよ。それはな、自分《じぶん》は何《なに》が上手《じょうず》に出来《でき》るかを考《かんが》えることじゃ。そして、それをどうやったら人様《ひとさま》のために役立《やくだ》てられるかを考《かんが》えることじゃ。人《ひと》の役《やく》に立《た》つ仕事《しごと》は、自然《しぜん》に好《す》きになれる。そして、長《なが》く楽《たの》しく付《つ》き合《あ》える」

「グランパ、また宝探《たからさが》しだね」

「そうじゃ、ジュンヤ。わしはまだまだ隊長《たいちょう》じゃ。頭《あたま》がぼけんようにしてな、一生《いっしょう》お前《まえ》らの隊《たい》長《ちょう》でいるのがわしの生《い》き甲斐《がい》じゃ」

何《なに》が上手《じょうず》に出来《でき》るのか。それを、どうやって人《ひと》のために役立《やくだ》てるのか。それがわかれば、そこに僕《ぼく》の歩《ある》く道《みち》がある。

もう少《すこ》し、それを考《かんが》える時間《じかん》と人生経験《じんせいけいけん》が欲《ほ》しいと改《あらた》めて思《おも》った。

来月《らいげつ》、大学《だいがく》に入学《にゅうがく》する前《まえ》に、僕《ぼく》は出来《でき》るだけなつかしい友達《ともだち》に会《あ》い、出来《でき》るだけたくさん話《はなし》をしたいと思《おも》った。なぜなら僕《ぼく》は仲間《なかま》との会話《かいわ》の中《なか》で、いつも大事《だいじ》なものを見《み》つけてきたのだから。

グランパはワインのおかげで陽気《ようき》になり、ペンキ塗《ぬ》りで失敗《しっぱい》した話《はなし》や、最近《さいきん》ハイウェイでレスキューしたウォンバットの赤《あか》ちゃんの話《はなし》に花《はな》が咲《さ》いて夜《よる》も更《ふ》けてきた。

「おお、もう年寄《としよ》りは寝《ね》る時間《じかん》じゃ。ジュンヤ、明日《あした》から一週間《しゅうかん》はここにおるんじゃったな。クイーンズランド州《しゅう》に行《い》く前《まえ》に、たっぷり羊《ひつじ》と遊《あそ》ばせてやるからな」

「ああ、グランパ。精一杯《せいいっぱい》手伝《てつだ》っていくよ！」

僕《ぼく》とジェイソンはコーラのペットボトルやポテトチップスやディナーの残《のこ》りを寝袋《ねぶくろ》と共《とも》に担《かつ》いでシェッドの屋根《やね》に上《のぼ》った。

「こんなバカなことを計画《けいかく》した中学《ちゅうがく》一年《ねん》の時《とき》がきのうのようだな」

「ああ、ジェイソン。スカイプやメールでのやり取《と》りのためのネタ探《さが》しに振《ふ》り回《まわ》される位《くらい》な

ら、いっそのこと、高校《こうこう》を卒業《そつぎょう》するまで全部《ぜんぶ》のネタをためておこうってキミの計画《けいかく》に軽《かる》く乗《の》っ
たおかげで、キミと話《はなし》がしたかった時《とき》もやせ我慢《がまん》するはめになったけどね」
「両方《りょうほう》で意地《いじ》になってアホな約束守《やくそくまも》っちゃったって感《かん》じだな。でもよ、このゲームは遠距離《えんきょり》の
ガールフレンドとは出来《でき》ないぜ。怒《おこ》らせるだけだ！」
「え？　きみ、彼女《かのじょ》いるの？」
「だからよ、付《つ》き合《あ》っていた子《こ》が、アメリカに短期留学《たんきりゅうがく》した時《とき》な、毎日《まいにち》のメールやスカイプの
話題作《わだいづく》りがすっごく大変《たいへん》で、このゲームを提案《ていあん》したわけさ。で、オワッタ」
ジェイソンからいきなり女《おんな》の子《こ》の話題《わだい》が出《で》たのにはびっくりしたけれど、彼《かれ》らしいオチに僕《ぼく》
は笑《わら》った。
「スクールバスで初《はじ》めて会《あ》った時《とき》のこと覚《おぼ》えてるか？」
「何《なん》だよ、急《きゅう》に」
「オレはさ、ガキの頃《ころ》から、ガチャガチャいろんなことを聞《き》かれるのは大嫌《だいきら》いだったけどよ、
スクールバスで初《はじ》めて会《あ》った日《ひ》、おまえ、オレがどこから来《き》たのかって聞《き》いてきた。そのあと
もムキになって質問攻《しつもんぜ》めにしやがってよ」
「ムカついた？」
「面白《おもしろ》かったな。たぶん、オレも学校《がっこう》に着《つ》かなけりゃ、もっと話《はな》したかったのかもしれない。

この町《まち》にダッドの仕事《しごと》が見《み》つかってすぐ、オレ達《たち》はカルグーリーを出《で》たんだ。あの時《とき》、もう二度《にど》と帰《かえ》らない家《いえ》はやたらに広《ひろ》かったぜ」

「ああ、ジェイソン。僕《ぼく》はそれと同《おな》じことを日本に帰《かえ》る時《とき》に思《おも》った。家《いえ》の中《なか》が空《から》っぽでさ」

ジェイソンは仰向《あおむ》けに寝転《ねころ》ぶと話《はなし》を続《つづ》けた。

「大《おお》きいトラックに荷物《にもつ》を積《つ》んで、ダッドとオレはオーストラリア大陸《たいりく》を横断《おうだん》した。途中《とちゅう》、キャラバンパークに泊《と》まりながら、西《にし》オーストラリア州《しゅう》のボーダーを越《こ》え、南《みなみ》オーストラリア州《しゅう》を走破《そうは》し、ビクトリア州《しゅう》に入《はい》るまでに四日《か》もかかった。

海沿《うみぞ》いのフリーウエイから内陸《ないりく》に向《む》かうと、朝《あさ》は霧《きり》が濃《こ》くなって、そこいら中《じゅう》に生《は》えている木《き》はどんどん高《たか》くなった。道路《どうろ》には時々《ときどき》カンガルーだけじゃなくウォンバットも飛《と》び出《だ》してきたぜ。オレは小学生《しょうがくせい》になってから野生《やせい》のウォンバットを見《み》たことがなかったから、車窓《しゃそう》から夢《む》中《ちゅう》で、茶色《ちゃいろ》いころっとした体《からだ》にぬいぐるみのクマのような顔《かお》をくっ付《つ》けた動物《どうぶつ》を探《さが》した。たくさん見《み》つければ見《み》つけるほどいいことがありそうな気《き》がしたんだ。

グランパのファームの家《いえ》に着《つ》くと、ルーシーが飛《と》んできた。前《まえ》に会《あ》った時《とき》は小《ちい》さい子犬《こいぬ》だったのに、すっかり大《おお》きくなってよ。

グランパはマムのことは聞《き》かなかった。普通《ふつう》にオレ達《たち》を家《いえ》に入《い》れると、ダッドと自分《じぶん》にミルクコーヒーをいれて、オレにホットチョコレートを作《つく》ってくれた」

「なんか、グランパに初《はじ》めて会《あ》った日《ひ》のことが、きのうのことみたいだなあ」

「でよ、グランパ、オレの頭《あたま》に手《て》を置《お》いて言《い》ったんだ。

『ジェイソン、学校《がっこう》なんてどこでも同《おな》じじゃ。スーパーマーケットがどこでも大体同《だいたいおな》じみたいにな。元気《げんき》に行《い》って帰《かえ》ってくればそれで上等《じょうとう》』

はは、一〇〇年分位《ねんぶんくらい》しゃべった気《き》がするぜ。

で、今度《こんど》はお前《まえ》の話聞《はなしき》かせろよ」

僕《ぼく》は、中学《ちゅうがく》の話《はなし》から始《はじ》めた。公立中学《こうりつちゅうがく》に行《い》った僕《ぼく》は、英語《えいご》がやたらと出来《でき》ることが災《わざわ》いして、英語《えいご》の先生《せんせい》に嫌《きら》われたこと。でも、女《おんな》の子《こ》にはすっごくモテた自慢《じまん》。高校《こうこう》は帰国子女《きこくしじょ》の多《おお》い私立《しりつ》に行《い》って、海外《かいがい》で育《そだ》ったティーンエイジャーの日本での生《い》き方《かた》を考《かんが》えさせられたこと。

そして、そこで出来《でき》た友達《ともだち》のこと。

ジェイソンは、たまに相《あい》づちを打《う》ちながらじっと聞《き》いていた。

「お前《まえ》はさあ、オレよりずっと広《ひろ》い世界《せかい》で生《い》きている気《き》がするよ。オレを置《お》いて、大人《おとな》になっちまった感《かん》じがする」

車《くるま》の鍵《かぎ》を持《も》って、もう自分《じぶん》で生計《せいけい》を立《た》てようとしているジェイソンの言葉《ことば》が意外《いがい》だった。

「僕《ぼく》もさ、同《おな》じことを、今日《きょう》キミに会《あ》った時《とき》に思《おも》ったよ」

僕《ぼく》らは笑《わら》いながら空《そら》を仰《あお》ぎ、星《ほし》を見《み》ながら話《はな》し続《つづ》けた。僕《ぼく》の誕生会《たんじょうかい》の騒《さわ》ぎ、グランパとの作《さく》戦会議《せんかいぎ》、当時《とうじ》のクラスメイト達《たち》のこと。思《おも》い出《で》は色《いろ》あせておらず、僕《ぼく》は、このタイムマシンの旅《たび》が成功《せいこう》に終《お》わる確信《かくしん》を持《も》った。

きっと、僕《ぼく》もジェイソンもちゃんと生《い》きてきたんだ。グランパと探《さが》した宝《たから》と一緒《いっしょ》に。

「でもね、グランパとキミとの宝探《たからさが》しがなかったら、僕《ぼく》は違《ちが》う人間《にんげん》になっていたと思《おも》う。グランパは、今思《いまおも》えば、すっごくいろんなこと教《おし》えてくれたよな」

「ああ。あのじいさんのベッドルーム、見《み》たことあるか？」

「ないなあ」

「壁《かべ》が全部本《ぜんぶほん》だ！　グランパな、ファーマーになったのは、自然《しぜん》や羊《ひつじ》が好《す》きだったからってわけじゃなくて、家族《かぞく》をサポートするためだったんだ。本当《ほんとう》は、もっともっと勉強《べんきょう》したかったんだよ。根《ね》っからのインテリさ」

「そうか。で、きっと、僕《ぼく》らと遊《あそ》びながら、隊長《たいちょう》っていう天職《てんしょく》を見《み》つけたんだ！」

「そんな感《かん》じだな」

明日《あした》、朝《あさ》が来《き》たらグランパに言《い》おう。

「ありがとう」って。

僕《ぼく》は大学入学《だいがくにゅうがく》を前《まえ》に揺《ゆ》れていた自分《じぶん》に言《い》い聞《き》かせた。

僕《ぼく》の将来《しょうらい》は、大学《だいがく》だけにコントロールされるわけじゃない。勉強《べんきょう》しながら、大切《たいせつ》な仲間《なかま》を探《さが》そう。そして、たくさん自分《じぶん》のことを話《はな》そう。たくさん相手《あいて》の話《はなし》を聞《き》こう。自信《じしん》を持《も》って、自《じ》分《ぶん》で自分《じぶん》の行《い》く道《みち》を判断出来《はんだんでき》る大人《おとな》になろう。時《とき》に、狂気《きょうき》から逃《に》げる勇気《ゆうき》も忘《わす》れずに。

「なあ、ジュンヤ、オレ、これからはもっとお前《まえ》に連絡《れんらく》するよ。この六年近《ねんちか》い空白《くうはく》は長過《ながす》ぎた。で、人生《じんせい》の岐路《きろ》に立《た》った時《とき》、オレがどんな判断《はんだん》をしたのか聞《き》いてほしいんだ」

「僕《ぼく》も同《おな》じだよ。迷《まよ》った時《とき》も、話《はなし》を聞《き》いてほしい」

「ああ」

朝日《あさひ》が昇《のぼ》る。

一日《いちにち》の始《はじ》まりのこの赤《あか》は、夕方《ゆうがた》の赤《あか》より強《つよ》く感《かん》じる。目《め》がチカチカする。

でも、地平線《ちへいせん》はくっきりと浮《う》き上《あ》がる。

ジェイソンが立《た》ち上《あ》がって大《おお》きく伸《の》びをした。僕《ぼく》も立《た》ち上《あ》がった。

僕《ぼく》らはここで、いつも三六〇度《ど》の風景《ふうけい》に囲《かこ》まれて遊《あそ》んでいた。

(この地平線《ちへいせん》に続《つづ》く大地《だいち》の上《うえ》で、これからは自分《じぶん》の道《みち》を探《さが》していくんだな)と、思《おも》ったその時《とき》、うさぎを見《み》つけたルーシーがクリークの方《ほう》へ走《はし》っていったような気《き》がした。

完

ノーザンテリトリー
（特別地域）
クイーンズランド州
ジュンヤが
生まれた町は
この辺り
南オーストラリア州
ニューサウスウェールズ州
（首都）
キャンベラ
首都特別地域
ビクトリア州
メルボルン
「ドゥリンビル」の町の
モデルになった地域
タスマニア州

グランパと僕らの宝探し
～ドゥリンビルの仲間たち～

オーストラリア地図

「ドゥリンビル」は、オーストラリアのビクトリア州にある町をモデルにした、架空の町ですが、物語に登場するその他の州や都市は実在します。物語に出てきた場所を確認してみましょう。

筆者
大矢　純子（おおや・じゅんこ）

1961年、東京都生まれ。マッコーリー大学大学院（オーストラリア・ニューサウスウェールズ州）応用言語学修士課程修了。オーストラリア・ビクトリア州の州立小学校などで日本語教師をしている。本作で第8回朝日学生新聞社児童文学賞を受賞。

表紙・さし絵
みしま　ゆかり

1980年、広島県生まれ。広島大学総合科学部(中国語専攻) 卒業。翻訳会社の翻訳・校正スタッフや大学の事務職員として勤務するかたわら、イラストの創作活動やコンペ出品を続け、2015 年10 月からフリーランスのイラストレーターとして活動を開始。http://in-my-sketchbook.com/

グランパと僕らの宝探し
～ドゥリンビルの仲間たち～

2018年1月31日　初版第1刷発行

著　　者　　大矢　純子

編　　集　　當間　光沙
デザイン　　横山　千里

発 行 者　　植田　幸司
発 行 所　　朝日学生新聞社
〒104-8433　東京都中央区築地5-3-2
朝日新聞社新館9F
電話　03-3545-5436
印 刷 所　　株式会社シナノパブリッシングプレス

ISBN 978-4-909064-33-2

第8回朝日学生新聞社児童文学賞受賞作品
朝日小学生新聞2017年10月～12月の連載「ドゥリンビルの仲間たち」を再構成しました。

子どもたちと選んだ！

朝日学生新聞社児童文学賞
受賞作ご案内

第７回受賞作

『ゆくぞ、やるぞ、てつじだぞ！』

（作・ゆき、絵・かわいみな）

勉強はいまいち、運動もさっぱり。だけどてつじの周りには、いつも笑顔があふれてる！　５年生のてつじが仲間たちと繰り広げる、ユーモアいっぱいの物語。

第６回受賞作

『ガラスのベーゴマ』

（作・槿なほ、絵・久永フミノ）

５年生の蓮人は、弟のぜんそく療養のため、九州の田舎町へ引っ越すことになる。そこには、町中に色濃く戦争の傷跡が残されていた……。

第５回受賞作

『言葉屋　言箱と言珠のひみつ』

（作・久米絵美里、絵・もとやままさこ）

５年生の詠子のおばあちゃんの仕事は、町の小さな雑貨屋さん。……と思いきや、本業は、「言葉を口にする勇気」と「口にしない勇気」を提供する言葉屋だった！

第４回受賞作

『星空点呼　折りたたみ傘を探して』

（作・嘉成晴香、絵・柴田純与）

いじめに悩む小学生や、引きこもりの若者……。子ネコを助けようとして亡くなった少年が、かつての友だちや子どもたちを励まし、前に進む勇気を与えます。

第１回受賞作

『ゴエさん　大泥棒の長い約束』（作・結城乃香、絵・星野イクミ）

第２回受賞作

『いつでもだれかの味方です～大江ノ木小応援部』（作・田中直子、絵・下平けーすけ）

第３回受賞作

『僕たちのブルーラリー』（作・衛藤圭、絵・片桐満夕）